# 城市化与中国都市文学

侯雅惠　著

吉林文史出版社

图书在版编目（CIP）数据

城市化与中国都市文学 / 侯雅惠著 . — 长春 : 吉林文史出版社, 2024.2

ISBN 978-7-5752-0083-7

Ⅰ . ①城… Ⅱ . ①侯… Ⅲ . ①都市文学 - 文学研究 - 中国 - 当代 Ⅳ . ① I206.7

中国国家版本馆 CIP 数据核字 (2024) 第 036518 号

城市化与中国都市文学
CHENGSHIHUA YU ZHONGGUO DUSHI WENXUE

著　　者：侯雅惠
责任编辑：程　明
出版发行：吉林文史出版社
电　　话：0431-81629359
地　　址：长春市福祉大路 5788 号
邮　　编：130117
网　　址：www.jlws.com.cn
印　　刷：河北万卷印刷有限公司
开　　本：710mm×1000mm　1/16
印　　张：12.75
字　　数：180 千字
版　　次：2024 年 2 月第 1 版
印　　次：2024 年 2 月第 1 次印刷
书　　号：ISBN 978-7-5752-0083-7
定　　价：78.00 元

# 前言

　　自 20 世纪初以来，随着工业化和现代化的推进，城市化逐渐成为全球各地不可逆转的趋势。在中国，尤其自改革开放以来，城市化的步伐更是加速推进，城乡之间的界限逐渐模糊，大量人口流向城市地区。这一宏观历史进程不仅改变了人们的生活方式和思维方式，也深刻影响了文学创作与思想风貌。本书正是基于对这一重大现象的关注与思考，旨在深入挖掘城市化进程与中国都市文学之间千丝万缕的联系。

　　本书第一章深入剖析了城市生活方式与文学、城市化与城市文学之间的关系，展示了都市文学在现代文学史上的独特地位。第二章则系统总结了都市文学的内涵、基本类型，以及叙事视野和地域文化与都市文学的关系，为读者提供了理论框架。从第三章开始到第八章，本书进一步深化探索，从历史视角、城市空间、都市刻画等方面，通过对北京、上海、苏州、深圳等具代表性城市的深入分析，展现了都市文学在刻画时代精神、城市风貌、人文气息等方面的独特魅力。第九章探讨了其他城市（如天津、武汉、南京）在文学作品中的刻画，展现了都市文学的多样性和广泛性。最后一章展望了城市化时代的文学表达形式与技巧、都市文学的新动向和社会责任等问题，描绘了一个全新的文学蓝图。本书不仅从理论层面分析了都市文学的本质和特点，而且具体深入多个典型城市的都市文学刻画，既有宏观的时代背景，也有微观的文学实践。本书通过跨学科的方法，联结历史、社会学等多个层面，试图构建一个全方位、多维度的框架，以期为读者提供一种全新的理解都市文学的方式。

在 21 世纪的今天，城市化与都市文学的关系不仅是一个学术问题，更是一个与我们每个人的生活息息相关的现实问题。希望本书能激发更多的人对这一主题的关注和思考，从而对我们的时代作出更为深刻和全面的解读。

# 目 录

# 第一章　城市与文学

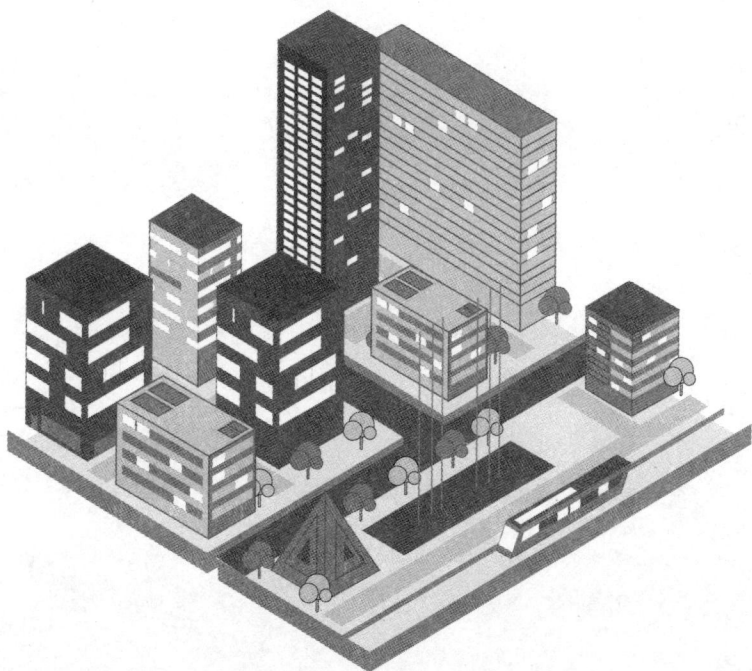

## 第一节　城市生活方式与文学

城市作为文学的反映和表现对象，在其特性中不可避免地对文学产生了某种制约作用。随着城市的形成与发展，城市的诸多特性逐渐浮现。其中，与"城市"这一独特生存空间相一致的生活方式对文学的意义具有独特的价值。

人类的生活方式在某种程度上可以分为两种截然不同的类型：城市生活方式和乡村生活方式。这两者各具鲜明的特点，并在本质上存在差异。然而，这种差异在人类历史的不同发展阶段有着显著的不同，其在城市形成初期，以及整个古典时期，由于城市本身的发展不充分，这两者的本质差异相对有限。在现代社会，随着城市的飞速扩张，城乡差距日渐加大，两者之间的差异变得更加明显。然而，在可预见的未来，随着城乡差距的逐渐缩小，这两种生活方式也将逐渐趋于一致。因此，对于这两种生活方式与文学之间的关系的研究，必须在共时性和恒定的前提下进行抽象分析，才能使得此类研究具有意义。

城市生活方式的独特性何在？它对文学又具有何种深刻影响呢？蒋述卓等认为："城市之于文学的重要性主要表现在两个方面，在共时性的维度上，城市生存空间本身的独特性，使得城市生活方式与乡村生活方式相比，更有利于文学对于复杂人性的展示。在历时性维度上，城市的发展，随历史的变迁而发生的巨大变化，促使着城市文学从无到有，并逐步繁荣。"[①] 在恒定的意义上讲，城市生活方式的独特性首先表现在其异质性上。城市生活是复杂多样的聚合体，而非单一的生活形态。在城

---

① 蒋述卓等.城市的想象与呈现 [M].北京：中国社会科学出版社，2003：44-45.

市之中，不同的人群共享庞大的生存空间，各自运行于不同的轨道。与此相对，乡村生活更趋向于同质和单一，人们的生活围绕田地和自然界的四季变化，呈现出较为一致的节奏和模式。

城市生活的异质性与多样性可追溯至社会分工的根本原因。自从人类社会的第一次大分工——畜牧业与农业的分离，以及第二次大分工——商业与农业、畜牧业的分离之后，社会分工逐渐走向专业化和精细化的方向。这一趋势在近代愈发加速，到现代几乎达到了极致。社会分工的直接后果就是产生了众多不同的职业，每一种职业之间的显著差异以及各自的特殊要求，造成了从事不同职业的人们生活方式的极大不同。这种多元化的职业和生活方式只能在城市环境中实现。由于城市生存空间的有限性和人口的密集性，城市自身形成后对于正常运转的需求极为巨大。这一需求包括政治、经济、文化等各方面的服务，为城市居民提供了众多的生存机会。每个人都可以在城市中寻找自己的立足之地，展现自己的才能。城市的进一步发展不断地扩大了这种需求，从而使城市自产生之日起不断地吸纳各种人才，并促使人们从四面八方涌向城市。因此，城市为各类职业提供了存在和生存的空间。

城市生活的异质性从经济角度分析，可以视为商品经济存在的先决条件，甚至可以说是商品经济的直接产物。在城市环境中，个体从事职业活动并非为了满足自身的需求，而是将劳动力商品化，为他人提供服务，以期用所获酬劳来购买自己所需的商品。对于城市来说，商品经济的存在不仅至关重要，更可以说是其核心结构。由此可以得出，城市社会在本质上属于商品经济，是商品经济的具体社会形态。城市的这一商品社会本质进一步决定了城市生活方式的开放性特点，其与以自然经济为基础的乡村生活的封闭性形成了鲜明对比。在乡村环境中，自给自足的自然经济占主导地位，人们大部分的日常需求都通过自我生产来满足，从而限制了交往的机会。与此相反，在城市环境中，个体缺乏自给自足的可能性，人们因工作、生活和学习的需要与各式各样的人交往，从而展现了交往的开放性。当然，城市生活方式的特征不止于此，还表现在消费生活方式、闲暇生活方式、爱情生活方式等多个方面，与乡村生活方式存在明显差异。然而，对于文学而言，城市生活方式的异质性和交往方式的开放性是其最根本的特质，赋予了城市对文学的独特意义。

这一意义首先体现在城市生活的异质性、多样性和开放性为文学创作提供了广阔的表现空间，从而赋予了文学无限的可能性。相对而言，乡村生活的同质性、单一性和封闭性，在某种程度上限制了文学表现形成及探索空间。与此相对，城市生活的复杂多样性赋予其深厚、复杂的内涵，无论从丰富性还是多样性来看，都远非乡村生活所能比拟的，从而为文学创作提供了更为广阔的表现空间。因此可以断言，城市在最根本的意义上成了文学的一个天然舞台。从这一角度来看，城市生活方式对文学的生存和发展无疑更有益。

城市生活的异质性和开放性对经济和社会各方面有着深远的影响，特别是对文学的创作和理解。从戏剧学的视角来看，冲突作为戏剧的核心元素，具有重要的价值，不仅如此，这一核心元素还适用于整个文学领域。文学作品旨在突出人性的复杂性，通常这种复杂性在矛盾和冲突的情境中能够得到更充分的展示。

在相对意义上，城市生活方式的异质性拓展了文学的意义表现空间，并增加了内容的多样性。同时，交往方式的开放性在文学对人性的深度探寻上也显示了其独特价值。这些因素共同使城市环境成为文学的丰富和深入探索的理想舞台。

# 第二节　城市化与城市文学

城市化与城市文学之间的关系揭示了文学发展与社会进程的内在联系。在探究这一主题时，可以通过对城市的共时性和历时性的审视，深入理解城市文学的起源和演变。对城市共时性的考察实则是对城市质的探索。自古以来，城市与乡村的比较常常是文学创作的一个重要主题。在"质"上，城市因其复杂多样的社会结构、文化特质及与乡村的显著差异，为文学提供了更加丰富和深邃的创造空间。相较之下，乡村的单一性使其在文学方面的探索可能性较为有限。城市的历时性考察则涉及量的问题。城市化的过程，无论是单一城市的人口和规模的增长，还是新城市的崛起，都在"量"上推动了城市文学的兴起和繁荣。古典时期城市化进程缓慢，城市的规模和数量有限，使城市与乡村之间的差异并不显著，所以城市文学难以脱颖而出。但随着城市化的加速发展，城市文学开始逐渐形成，展现出从无到有、从小到大的壮观景象。

城市文学的演变也反映了城市与乡村之间的相互关系的历史变迁。在城市形成的初期，城市化进程缓慢，城市规模有限，城市与乡村之间的差异并不显著。然而，随着城市的充分发展，城市生活与乡村生活之间的差异日益凸显，使城市的本质属性逐渐展开。此时期的文学作品开始反映城市生活的特点，如班固的《两都赋》、张衡的《二京赋》、左思的《三都赋》等。然而，古典时期的城市文学仍然被乡村文学所主导，原因在于城市的总量有限，而乡村在整个社会生活中占据主导地位。同时，由于交通和通信手段的落后，城市与乡村之间的交流也受到限制。乡村对于城市的认识模糊，而城市对于乡村的认识清晰。这导致乡村意象在文学中占据主导地位，城市形象相对较弱。近代工业革命改变了这一现状，推动了城市的飞速发展，促使了现代城市的形成。城市的形象发生了巨大的变化，城市意象与乡村意象的关系也发生了根本性的转变。城市不再是乡村的附属物，而是开始在经济、文化等方面对乡村产生深远影响，城市文学也因此进入一个全新的阶段。

城市化是现代化进程中的一个显著特征，也是经济、文化和社会结构演变的重要标志。从工业革命开始，城市便在全球范围内兴起，成为经济生产和文化创造的重要载体。西方城市化的快速发展不仅改变了城市与乡村之间的关系，也导致了城市文化和乡村文化之间的交融和碰撞。

传统的乡村向城市的单方面输入已逐渐转变为双方的相互输入，且城市在这种输入中越来越占据主导地位。现代通信手段如电话、广播、电视等，以及现代化的交通工具如汽车、火车、飞机等，都使城市与乡村之间的空间障碍逐步消失，从而进一步加速了城市文化的扩散。城市不再是一个抽象的概念，而是一个具体、生动的存在。城市的画面和声音通过各种媒介传送到世界的每一个角落，使得城市成为现代人生活的普遍现实。从文学角度来看，这一趋势也得到了体现。大城市的多姿多彩和千奇百怪的生活成了许多现实主义作家的描绘对象，无论是现实主义、现代主义还是后现代主义，城市都已成为文学作品的核心主题。

在中国，进入 20 世纪 80 年代，城市化进程迅速提升，特别是在 20 世纪 90 年代，城市数量和规模的增长速度令人惊讶。这种迅速的发展不仅体现在城市数量和人口的增长上，也表现在城市带的形成与扩展上。例如，沿长江黄金水道的城市带的形成、五大城市群的逐步壮大等，都是城市化进程的生动写照。随着城市化的快速推进，城市生活逐渐从政治化中解脱出来，经济生活成为社会的中心。市场经济的崛起使城市活力焕发，城市生活变得多彩多姿，并逐渐复杂化。这也为城市文学提供了新的素材，使其在 20 世纪 80 年代开始崭露头角，90 年代逐渐形成全方位的观照。城市文学在中国现代化进程中的出现与壮大，标志着中国社会从政治生活向经济生活的转型，从整齐划一到多元化的转变。反映城市改革生活的作品，如《乔厂长上任记》《开拓者》等，以及市井文学作品，如《美食家》《小贩世家》等，都是这一转型的产物。在 20 世纪 90 年代，"新生代"作家的涌现，如鲁羊、韩东、朱文、陈染、林白、徐坤、邱华栋、何顿、刘继明等，更使城市文学深入城市的各个角落，形成了与乡村文学并存的文学格局。

中外城市文学存在的实际状态表明，城市的量化增长在很大程度上限制了城市文学的发展。当然，从共时性和质量的角度来看，城市为文学创造了无穷的创作资源，形成了一种永恒的、无穷无尽的艺术宝藏。

然而，城市与文学之间关系的紧密程度却又受到城市本身发展状况的直接影响。从历史的角度来审视，人们可以观察到，文学与城市之间关系的演变呈现出从较为疏远到日益密切的趋势。在城市刚刚兴起的时期，甚至在整个古典时代，文学与城市之间的联系相对较远。然而，自近代以来，这一关系逐渐变得紧密。这种演变在西方文学中表现得比较明显；而在中国，这种演变则呈现出一定程度的滞后性。在中国古代，城市并未完全渗透到文学的各个层面，文学作品更多地反映了农村田园的风光和人物风俗。然而，随着近现代城市化进程的加速，城市逐渐成为文学的重要背景和主题，文学与城市之间的关系也因此变得日益紧密。特别是在改革开放以后，中国城市的快速扩张和现代化进程推动了城市文学的繁荣和多样化发展。在这一时期，城市不再仅仅是文学作品的背景，还成为具有深刻内涵和独特气质的文学符号。城市文学开始全面反映现代城市生活的复杂性和多样性，揭示城市现象背后的社会、文化、心理等多重维度。因此可以说，城市与文学的关系不仅反映了社会结构和文化传统的变迁，还揭示了人类精神世界与物质世界的交融和碰撞。这一关系的演变成了一种独特的社会现象，反映了现代人的生活状态和精神追求，也成了现代文学理论和城市研究的重要课题。

# 第二章　都市文学概述

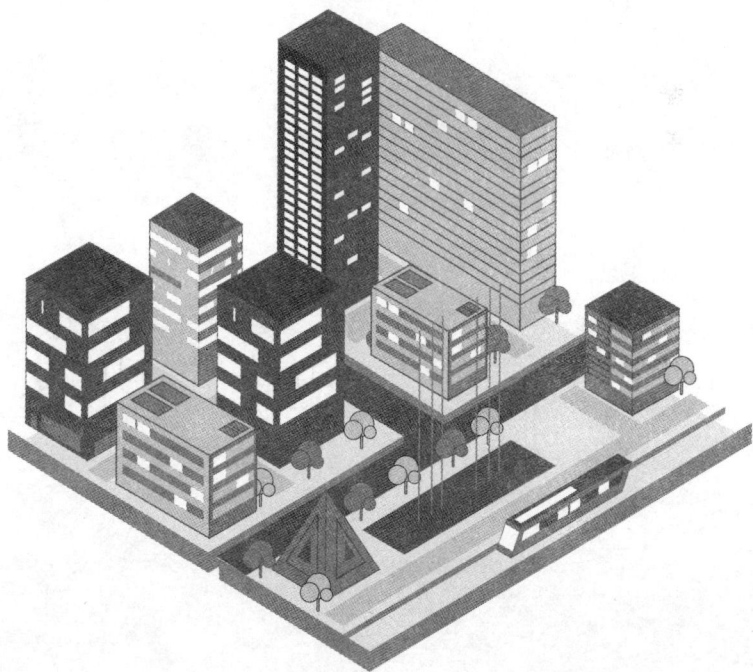

# 第一节 都市文学——狭义的城市文学

城市文学作为一个独立的概念，存在的时间相当短暂。在文学历史上，我们已经对文学作品进行了许多不同的分类，如宫廷文学、文人文学、民间文学、乡土文学、历史文学、军事文学等。然而，以城市作为视角对文学进行分类，或明确地使用"城市文学"这一术语，则是相对较新的现象。城市文学的概念首次在20世纪80年代初期提出，并对其内涵进行了初步界定。1983年，中国北戴河召开了首届城市文学理论笔会，这次会议首次为城市文学给出了初步的定义。这个定义认为，凡是以描述城市人、城市生活为主题，展现城市风味和城市意识的作品，都可以归为城市文学。这一定义成了城市文学概念的最初起点。这一定义相当宽泛，基于通常的题材标准，明确地将城市人及其生活作为城市文学的主要关注对象。同时，该定义还揭示了城市文学的城市风味和城市意识两个主要特点。然而，在当时，人们对于城市意识在城市文学中的重要性的认识显然还不够充分。即便如此，这一定义仍然概括了城市文学的主要方面，为进一步探讨城市文学的内涵奠定了基础。

城市文学概念的提出和定义，既是一个理论探讨的问题，也是一个现实反映的必要。在20世纪80年代初期，随着改革的焦点从农村转向城市，城市生活成为社会的关注焦点。文学也逐渐反映了这一现实转变，城市文学因此应运而生。然而，这一概念的提出并非毫无争议。从它的定义到其必要性和可能性，都引发了许多学者和作家的疑问和反驳。对于怀疑和否定城市文学定义的必要性和可能性的声音，可以从多个角度来理解。有人认为城市文学是一个过于宽泛的概念，无须严格定义。有的作家则觉得，城市文学的界定是一种痛苦的过程，认为城市和农村只是人物活动的舞台和场景。然而，这些观点并不足以完全否定对城市文学进行定义的重要性。理论的明晰性要求对研究对象有清晰明确的把握，而对于作家来说，明确的城市文学定义可以有助于其对城市文学有一个更为清晰的认识。

尽管城市文学正处于变动不居、持续发展的状态，但其定义的可能性并不是完全没有。城市文学的历史渊源悠久，作品丰富，尤其是20世纪90年代以来，其在文坛的地位已经越来越重要。当然，定义的不足和局限性是存在的，但这更是促进我们深入研究和认识城市文学的动力。城市文学概念提出的初衷是反映当代城市生活。在20世纪80年代的改革背景下，城市文学是对城市和文学紧密联系的必要反映。然而，这一概念的外延迅速扩大，包括了古代、近代和现代各个时期的城市生活描写。其中的张力是值得注意的。尽管包容了更广泛的历史时期，人们依然强调了这一概念的当代指向，特别是现代意识和城市意识的紧密联系。城市意识与现代意识在本质上的一致性，揭示了城市作为现代意识发源地的重要地位。城市文学的特殊性在于它不仅描写城市人和城市生活，而且更深层次地展现了城市意识和现代意识的交织与相互作用。这种自觉的现代意识的树立，实际上是一种经过抽象与升华的城市意识，反映了城市文学在现实转型和文学表现中的复杂性和独特性。

在现代中国文学的研究中，城市文学和都市文学的探讨是一个重要的课题。虽然"城市文学"和"都市文学"这两个术语在文学评论中经常被混合使用，但从深层次的理解来看，它们之间存在着微妙的差异和关联。城市文学是一个广泛的概念，它不仅涵盖了以城市为背景的所有文学创作，也反映了不同时期的社会变迁和城市化进程对文学形态的影响。城市文学在20世纪90年代以来的探讨中尤为突出，不仅是因为城市文学的题材逐渐丰富，更因为人们开始思考和寻找真正具有当代特色的城市文学。这种探求，在很大程度上受到了都市化和都市生活的影响。与城市文学相比，都市文学的外延更小，更具指向性，特指那些规模庞大的城市。这一概念更强调了都市生活的特性，例如现代化、商业化和个体化等。在文学创作中，都市文学往往更专注于对大都市中人物性格、社交关系、心理状态的描绘。20世纪90年代的城市文学之争正是围绕这两个概念的微妙关系展开的。例如，《特区文学》《上海文学》对"新都市文学""新市民小说"的定义和倡导，极力强调了对现实城市生活的关注和描写。然而，这些新概念的提出并没有使城市文学的边界变得更清晰，反而使人们陷入了对新概念内涵的深深争论之中。这种现象可以解读为文学评论界对城市和都市两个概念的混淆。在社会学领域，城市和都市通常被视为同义词，但在现实和文学中，它们之间确实存在区别。城市的定义更为广泛，可能包括从小城镇到大都市的各种城市形态，而都市则特指那些具有重要政治、经济、文化中心地位的大城市。这种差别在文学作品的描绘和感受中也表现得相当明显。

城市文学与都市文学之间的区别可以从广义和狭义的角度来理解。广义的城市文学包括了所有以城市为描写对象的文学作品，无论是古代还是现代，都在城市文学的范畴之内。而狭义的城市文学，即都市文学，着重于现代性特征和与商品经济的紧密联系。都市文学不仅仅是描述大城市的城市文学，其特性是复杂且独特的。现代社会已赋予"都市"一词"现代"的内涵。这里的现代指向的不仅仅是城市的规模和现代化水平，更体现了现代都市的商品经济基础和人们与商品之间的复杂关系。在现代都市中，商品已成为整个城市的灵魂，商品的理念成为整个城市意识的中心。与此相对，古代城市以自然经济为基础，商品经济的影响相对微弱。因此，古代城市文学的内涵和现代都市文学有着本质区别。现代都市文学强调的是城市文学的现代性特征，是对现代城市生活的描绘和反映，其中商品、物的理念构成其核心和灵魂。诸如改革文学、市井文学等，并不局限于都市文学的范畴，它们仍以城市为描写对象，反映的中心和侧重点不同。从广义的角度看，它们仍属于城市文学的范围，而不是都市文学。我们还应注意到有人试图将城市文学限定在非常狭窄的范围内，即只将以商品理念为核心的都市文学视为"真正的"城市文学。这一观点忽视了城市文学的广泛性和多样性，也忽视了古代城市文学和现代都市文学之间的连续性。

# 第二节　中国现代都市文学的基本类型

中国现代都市文学的发展轨迹可以明晰地划分为通俗都市文学、高雅都市文学以及雅俗交融的都市文学三个主要类别。这三个类型各具特色，共同构成了中国现代都市文学的多元面貌。

## 一、通俗都市文学

在近现代中国的文化历史中，通俗都市文学展现出其独特的价值和地位。这一文学流派，萌发于晚清文学的余韵，经历了20世纪初上海"十里洋场"的繁荣，至40年代末得以完善。其发展脉络与中国的都市化、工商业的崛起以及市民文化的形成紧密相连，为人们提供了一个观察那个时代都市人的生活、情感和价值观的视角。通俗都市文学的发展可追溯至清末民初的社会转型时期，它在艺术形式和思想内容上显示出了现代性的转型特点。在对这一文学流派的研究中，从传统与现代的比较这一视角为学者提供了一个深入探讨文学历史进程与形态变迁的方法。这样的研究视角，不仅有助于摆脱以往都市通俗文学研究过于重视阶级论的评判模式，还能够帮助学者摒弃雅俗文学的二元对立思维，更深入地探讨通俗都市文学的发展演变、思想意义的流变以及其在文学史上的地位。

鸳鸯蝴蝶派小说是通俗都市文学的代表，其与晚清文学有着紧密联系，影响也较深远。例如，徐枕亚的《玉梨魂》，张恨水的《啼笑因缘》

《春明外史》《金粉世家》等作品，不仅具有鲜明的都市特色，还融入了传统文学的精髓，使得通俗都市文学成为一种既有传统基础又有现代意识的重要流派。

中国近现代通俗都市文学与都市工商业经济的发展紧密相连，既继承了古代小说的传统，又具有现代都市文化的特色。通俗都市小说主要是为了满足都市中新兴的市民阶层的阅读需求产生的，这些市民包括银行职员、工商业者等现代职业者。他们在繁忙的都市生活中，需要轻松、有趣的读物进行娱乐和放松。而通俗都市小说往往具有强烈的趣味性、娱乐性，同时具有一定的教育意义，因此成为当时最受欢迎的文学形式。这种文学形式，不仅受到了广大读者的喜爱，也得到了一些文学家的认可和推崇。可以说，张恨水、严独鹤等的作品为通俗都市小说赋予了更深的意义和价值。

## 二、高雅都市文学

高雅都市文学作为中国现代都市文学的另一重要分支，其起源和发展与新文学的崛起密切相关。与通俗都市文学相对，高雅都市文学主要集中在纯文学领域，对现代都市中具有新思想、新追求、新品德的知识分子、城市市民和先锋企业家的生活进行深入审美探讨。代表作品包括郁达夫的《沉沦》、茅盾的《蚀》《子夜》、老舍的《二马》《骆驼祥子》、艾青的异域都市题材诗歌、巴金的《寒夜》、钱锺书的《围城》等，这些作品反映了不同历史时期、社会背景和艺术探索的特点，共同描绘了高雅都市文学丰富多彩的画卷。

高雅都市文学的艺术特点在于其先锋性、探索性、抗俗性、多元化和个性化的趋势。这一趋势在不同作家和作品中表现为追求浪漫主义与颓废唯美主义的结合，或追求现实主义与颓废主义、感觉主义的结合，或追求现实主义与民间传奇的结合，或追求现实主义与现代主义的结合等。这些复杂而多样的艺术探索反映了高雅都市文学在审美、意识形态和文化价值方面的深度追求，同时也使其成为了满足高雅读者需要的重要文学类型。

高雅都市文学不仅在形式上展示了先锋性和多元化，更在内容上提供了对现代都市生活的深刻解读和批判。通过描绘知识分子和先锋企业家等都市人物的心理和命运，它深入探讨了现代性的复杂性和矛盾性，揭示了现代都市中人与人、人与社会、人与自然之间的复杂关系。此外，高雅都市文学还关注了现代都市文化中的伦理道德问题，探索了现代都市人在追求物质和精神双重满足的过程中所面临的价值选择等。这一关注使得高雅都市文学在描述现代都市生活的同时，也提供了对人性、社会和文化的深入反思和批判。

### 三、雅俗交融的都市文学

雅俗互动互融的都市文学，尤以新海派文学为代表，印刻了现代都市之子如施蛰存、苏青、张爱玲等的审美追求与艺术实践。新海派文学作家的生活观念和审美趣味与上海这一现代都市有着天然的联系，因此他们的文学创作在探索艺术形式与描绘都市景象方面更为深入。新海派文学突出先锋性与现代质的表现，不仅是 20 世纪初全球化背景下对外来文化的积极吸收，也是对现代商业文化中的市场现象的敏锐洞察。这种文学形态站在现代都市工业文明的立场上来看待中国的现实生活与文化，作为新文学的代表，它显然与遗老遗少气味的旧文学截然不同。在吴福辉的阐释中，海派文学的现代质不仅具备先锋性和探索性，而且与读者市场和现代商业文化紧密结合。

新海派文学的审美对象是现代都市中的物质男女，他们的情感生活、商业生活和消费生活等构成了文学描写的核心内容。这类都市文学的审美内涵揭示了现代都市人生的物质与精神的冲突，描绘了当时人们在浮华物质生活中的孤独、寂寞等情感体验。这类文学以现代主义为主要表现手法，从时空重组、结构跳跃到语言感觉化等方面展现了深刻印象。

然而，新海派文学由于其个人基点、物质基点、消费基点的局限，无法触及国家、民族命运的更高层次，因此在艺术风格上仍多表现为外在先锋而内在世俗的时尚、摩登文本。张爱玲的作品便是这一趋势的体现，她所塑造的人物形象以"普通"的"不彻底"的"软弱的"凡人为主，通过日常生活审美深挖人物特别是半新半旧物质女性的生命质地与心理内涵，既连接了新旧海派的文学传统，又凸显了二者的区别，满足了都市中更广泛的多层次普通读者的"传奇"审美需要，推动了海派文学的都市书写高峰。

# 第三节　都市小说的叙事视阈

## 一、都市小说的主要叙事类型

### （一）成长叙事

城市化进程在经济与社会结构方面的变革，以及其所引发的人们心理、文化与生活方式的演变，构成了现代都市文学的核心问题。特别是针对城市化对孩童的成长以及青少年情感、心理的塑造，文学作品深入挖掘这一过程中的复杂性和多维度。

王安忆的《上种红菱下种藕》刻画了城市化对乡村孩童成长的深刻影响。这一作品透过九岁的秧宝宝眼中的视角，描绘了曾经的儿童乐园在商业化的进程下如何逐渐荒芜，不仅反映了乡土世界的消失，更揭示了孩童在成长过程中如何被迫适应都市化的生活环境。城市化不再是一个抽象的经济社会现象，而是深刻塑造和影响着孩童的身心成长的实际问题。相似的主题也在《遍地枭雄》中得到体现，表明都市的发展和变迁对人的成长构成了一种深远的影响。以毛豆为例，城市化进程中的价值观念变迁、生活方式的改变和社会理念的颠覆，不仅改变了他的成长轨迹，而且塑造了他对人生和世界的理解。城市不再是一个简单的背景，而成了影响人性和人格塑造的重要力量。此外，春树的《北京娃娃》描绘了都市女孩成长过程中的迷惘、欲望和叛逆，周嘉宁的《苏州河往事》则通过回忆的视角勾勒了上海苏州河畔的美好成长往事。都市的空间和时间构成了一种复杂的心灵景观，与人物的成长经历交织在一起，形成了一种丰富多彩的心理和情感的描绘。

通过以上的分析，我们可以看到城市化不仅是一个经济社会的宏观现象，更是一个影响人们内心世界和成长经历的微观过程。城市化的推进与人的成长叙事之间存在着复杂而微妙的联系，这一联系在文学作品中得到了生动而深刻的表现。都市化与成长叙事之间的关联，不仅拓展了都市文学的表现力和表现范围，更为我们理解现代都市人的生活、情感和心理世界提供了一种独特的视角和深入的洞见。

### （二）城市历史叙事

城市历史叙事作为文学的一个重要维度，透过城市的变迁展示了人物、社会和历史的交织与共生。在都市小说的叙事中，城市不仅是人物居住和活动的场所，更是一种象征、一种情感的寄托。以叶辛的《华都》为例，小说通过华都公寓大楼这一具象符号，展示了上海百年历史的变迁。从19世纪90年代的活力四射，到20世纪30年代的纸醉金迷，再到知青下乡的苦难经历，小说呈现了上海的全貌。这一切都与人物的命运紧密相连，城市的历史变迁与人物的成长、挫折、追求和成就构成了一幅复杂的图景。类似地，王小鹰的《长街行》通过上海盈虚街50年的风云变迁来反映三代人的爱恨情仇。小说描绘了上海不同的社会阶层，通过一个街道的历史变迁，全景式地反映了上海的历史演变。这里的城市叙事不仅是历史的再现，它还连接着人物的命运，与人物的情感、道德和价值观念交织在一起，共同构成了一个有机的整体。滕肖澜的《城里的月光》则更聚焦于具体的城市地域——上海的浦东。通过陈也夫妇

15 年的人生历程，展示了浦东从荒凉到发展的历史过程。城市的发展与人物的命运紧密相连，城市的空间变化与人物的心灵历程相互影响。这一点在严歌苓的《金陵十三钗》中也得到了深入的挖掘。小说通过"我姨妈"书娟的视角，侧面描绘了南京大屠杀的历史画卷。城市的沦陷与风尘女子的悲剧交织在一起，展示了历史的惨烈与人性的伟大。

这些作品共同揭示了一个观点：城市的历史并不是孤立的，它与人物的命运、社会的进程、文化的演变紧密相连。城市作为一个有机的、生活的整体，其历史变迁正是人类历史、文化、社会和心灵的一个缩影。城市历史叙事为文学提供了一个丰富而复杂的背景，使得人物的命运、社会的演变和历史的进程得以在这一共同的舞台上展现。通过城市的历史叙事，文学不仅提供了对城市的深入理解，还促使人们思考人类生活的复杂性和多样性。这一点无疑为都市文学的表现力和表现范围提供了广阔的拓展空间。

## 二、全知叙事视角的运用

都市小说的叙述视角通常采取全知叙事的方法，这种方法赋予叙述者一种似神的洞察力，使之能够深入人物的内心世界，洞察其过去、现在和未来的各个方面。这种全知的视角不仅为叙述者提供了全方位、多层次的叙述空间，也在一定程度上满足了都市人快节奏生活的阅读需求。

首先，在全知叙事视角中，人物形象的塑造变得立体且完整。通过对人物的过去经历、现实生活和未来展望的全方位展示，叙述者能够深入人物的内心，展示其复杂的情感和心理活动。例如，在邱华栋的《花儿花》中，叙述者通过描写男主人公马达的人生经历，生动描绘了其内心的世界，不仅通过他的外在行动，还通过他的过去经历和心理活动来充实其人物形象。这种全方位的描写方式增强了人物形象的真实性和说服力。其次，全知视角的运用也使得情节的推进变得流畅自然，叙述的过程中，叙述者可以随时补充人物背景、心理活动等信息，以推动情节的发展。例如，在《华都》中，叙述者通过对厉言菁和姚征冬的关系的补充叙述，使得原本突兀的情节得到了合理的解释和展示，增加了故事的合理性和连贯性。全知视角的运用还有助于深入揭示人物隐秘的内心世界，揭示其真实的情感和心理状态。例如，陈丹燕的《鱼和它的自行车》通过描绘主人公王朵莱的内心变化，反映了她的爱情观的改变历程。这一过程不仅展示了王朵莱从追求浪漫到回归平凡的心理转变，还深刻揭示了她对生活的不同态度和选择。全知视角使叙述者能够深入人物的内心深处，捕捉其微妙的情感变化，揭示其内心的真实世界。

全知叙事视角在都市小说中的运用为读者提供了一种独特的解读体验。一方面，通过将这一特定的叙述方法融入作品中，作者能够在不显露情感倾向的同时展示人物的内心世界和外部环境。在《桃之夭夭》中，全知叙事视角使叙述者能够对人物进行深入的解读和评价。例如，对于郁子涵的行为，叙述者不仅展示了他的外在表现，还分析了其背后的心理动机。"他不是勇敢，而是无知，或者说无知了才勇敢。"这一评价揭示了人物的复杂性，将看似简单的行为置于更深层次的心理背景下，进一步丰富了人物形象的立体感。同样地，在张悦然的《红鞋》中，全知视角下的叙述者通过一种冷峻的叙述方式，描绘了人物扭曲的心灵。这种叙述视角强调描述而非评价，通过描绘恐怖的镜头和人物怪异的行为，形成了一种阴森的氛围。此处的全知视角成了作品深化主题和氛围营造的有效工具。另一方面，全知视角也可以灵活地运用在故事结构中，如叶辛的《华都》所示。小说中的两条线索，即305室和306室的故事，交织成一幅丰富的画卷。全知视角在此提供了一种全局的观察视野，使读者能够在不同的故事线索中穿行，增加了故事的层次感和复杂性。通过这种叙述策略，作者成功地反映了百年上海的历史，强化了作品的整体协调性和历史厚重感。

然而，对于都市小说的叙事方法而言，全知视角的广泛运用同时也揭示了一种倾向性问题。尽管全知视角能够提供丰富的叙述可能，但都市作家在叙事方面的探索往往较为单调，甚至有时会倾向于通俗小说的叙述方式。这种现象可能源于有些都市文学作家缺乏都市经验，也可能是为了迎合读者对直观明了叙述的期望。

# 第四节　地域文化视野与都市文学

## 一、地域特色与都市故事

都市文学，作为一种文学形式，经常以城市为背景，通过讲述都市中的人与事来展现现代社会的复杂性和多样性。与此同时，不同的都市文学中往往融入了丰富的地域特色，这些特色不仅让故事更具生活气息，还能更深入地展示文化的多样性和深度。

在现代文学领域，老舍先生以其独特的"京味"为特色的作品系列，无疑为北京的都市文学描绘了鲜明的风貌。老舍的《茶馆》便是一个典型的例子，该作品生动展现了北京的地域特色。茶馆作为北京文化的一个重要部分，是社会各阶层人们交往的场所。老舍通过《茶馆》不仅展现了都市生活中的种种变迁，还通过地域特色——北京的茶馆文化，来展现一个时代的风云变幻。当代刘心武、陈建功等作家则进一步对"乡土"北京进行了深入的探索和表现。这些作家集体为我们绘制了一幅生动展现北京市民生活的画卷，同时构筑了关于北京这一城市符号内涵的丰富想象。在这幅文学画卷中，他们不仅将对传统文化与市民生活的评析纳入其中，而且在继承"五四"启蒙思潮的基础上，为我们展示了那些充满古都气息的建筑、风物及人物特色。

参照邱华栋写作过程中关注点的位移，我们很容易就能发现全球化和消费主义背景下的北京如何去主动追求和适应"国际化大都市"的角色。这一切都隐藏在他从20世纪90年代开始创作的一系列都市小说中，作品中一系列"都市新人类"形象的出现正是当下城市生活迅速发展的写照，同时他的作品中也充满了对于建筑等城市物质符号的大量书写，这种语气上的铺排和大量关于脆弱、坚硬、冰冷意象的出现正是一个城市带给人的最为直观的感受。而正是书写中混合的歌颂和批判性两种情绪的杂糅才使得他笔下的北京展现出了一个国际化大都市的崭新形象。邱华栋《手上的星光》中的北京，已不再是历史的承载和文化的地标，驱车驶过，故宫、胡同、四合院这些传统北京的文化标志不再出现，满眼可见的是无数个千篇一律的高楼大厦、酒店、购物中心。作家从国际饭店、海关大厦到长城饭店、希尔顿大酒店……一口气罗列出了 21 个大厦的名字，而汽车、美食、桥梁的名称也成为文学审美的一部分。北京在向全球化、现代化的高速飞奔中似乎甩掉了自身的独特文化身份，而沦落成为底特律、休斯敦或纽约的翻版。另外，邱华栋用意象、譬喻建构的异化、物化等主题也带有西方资本主义大都市的特征，借鉴了西方现代派文学近百年来的文学传统，试图展示现代文明所导致的都市病、文明病，以及对人性的扼杀和城市人的种种生存困境。

新世纪的创作者并没有仅仅把对北京的想象落为一个固定群体和阶层的视角。在徐则臣的《跑步穿过中关村》《啊，北京》《西夏》等几部中篇小说中，北京向"北漂"等底层人物展现出了它冷酷而真实的一面。书店老板、办假证的以及卖盗版光碟的几个角色在北京的漂泊和挣扎，使当下北京的形象终于开始从政治、文化、商业等大的话语层面上移开，开始关注新世纪中边缘小人物的冷暖和愤怒。而正是这种对于边缘和底层的发现和书写才让我们看到北京同样遭遇了其他都市中存在的相似问题。从这个角度上讲，北京已经变为了一个大写的样本。它既有属于自己的传统和回忆，又在新的语境下成为普泛意义上的一个都市的模型，正是在这种杂糅中，北京成为一个新的寓言，完成了新的城市形象建构。

周而复的《上海的早晨》讲述了一个生动的历史事件，把一些琐碎的历史，用故事的形式呈现出来，书中所提到的地点包括了工厂、资本家住所、工人宿舍、领导人物的办公地点以及上海标志性的大马路和黄浦江等。周而复巧妙地运用了上海的地域特色来支撑故事的情节，真实地刻写了上海的变革与从暗夜中乍见光明的人们最初的不适与艰难。地域特色不仅为都市故事提供了生活化的背景，还加强了读者与故事之间的情感联系。在李欧梵的《上海摩登：一种新的都市文化在中国》之中，他重绘了上海在20世纪30年代表现出来的带有现代性色彩的都市文化地图。通过对上海的历史角色做出的重新探寻，以及对咖啡馆、电影院、赛马场、高层建筑等物质符号的描绘和分析，他使一个逝去的大都市以及都市生活得到了重现。王安忆的《长恨歌》以上海为背景，讲述了一个发生在上海的爱情故事。王安忆巧妙地运用了上海的地域特色，如上海的弄堂、河道和老建筑，使故事更加真实和生动。这种真实感不仅让读者更容易与故事产生情感共鸣，还为文学作品增添了深度和厚重感。除了具体的地域景观，都市文学中还常常包含了与特定城市相关的历史、文化和社会背景。余华的《活着》虽然不完全是都市文学，但其中对上海的描写却充满了地域特色。余华通过讲述主人公福贵在上海的生活，展现了一个城市在特定历史时期的变迁，使读者更加了解和感受到上海这座城市的魅力和特色。

广州、深圳和东莞，作为改革开放的试验区与对外的交流窗口以及商品经济的发源地，于改革开放后迅猛崛起。此变迁为文学创作者提供了丰富的素材，将这些城市纳入其文学创作的视野。

广州，尽管并未如上海般具有辉煌的都市历史，但其商业历史及市民文化传统早已深厚。广州之于历史与现代的交织，显示了一种自如的选择与融合。如某学者的观点认为，"进入新时期后，其发展的速度较之上海、深圳等都市又相对缓和，因而它们的变化显得自然而然，不似上海发迹沉寂均是大开大合，市场经济流通规则的被接纳也显出平和自然：市民们对此的反应既非激烈反抗也无欣喜若狂，作家们对此的表现也是不温不火"。<sup>①</sup> 这种受岭南文化影响的历史沉淀，使广州的都市文学呈现出中庸的特点。这个特点在以张欣、张梅为代表的女性作家作品中尤为明显，她们在文中描绘了这一时代病态的爱情与生活，或是批判和追问欲望满足后的精神空虚感。深圳的文学氛围则与广州迥异。

深圳，尽管也受到岭南文化的影响，但其年轻与冲击性的特质赋予了其与广州不同的都市气息。如某学者所述，"作为连接内陆与香港的边缘之地，深圳远离中原，既没有像北京、南京、西安等内陆城市那样有博大精深的传统文化的积淀，也没有香港、澳门那样长期受西方文化潜移默化的渗透，这种独特的地理环境，为深圳'新都市文学'的生长提供了一个非常适宜的外部条件"。<sup>①</sup> 深圳的作家，如缪永、谢宏、盛琼等通过他们的作品，展示了这座移民城市的世俗生活与人们的都市意识，反映了这座城市背后的辛酸与困苦，让读者更深入地感受都市生活的脉动。

陈玺的《珠江潮》可视为反映东莞改革开放的一部力作。该小说凭借其细致入微的描写，有效捕捉了东莞在改革开放期间所经历的深刻社会变革和人文变迁。其文本中融合了时代大背景与个体命运，展现了一幅广阔的、融合历史与现实的东莞改革开放图景。"文变染乎世情，兴废系乎时序。"刘勰的这句论述在陈玺的作品中得到了深刻的体现。《珠江潮》中的核心人物佘锦堂及其家族，在改革开放的大背景下，经历了一系列的社会变迁和人生坎坷。小说中的虎门镇，以其独特的地理和历史背景，成了这部文学作品中的关键场域。小说的叙事结构紧密，通过对多个地域和时间的跨度描写，成功地捕捉了东莞改革开放中的多重维度。特别是对于粤港澳大湾区的地域特色，包括文化、方言、城镇、地理、

---

① 张嫱.新都市意识的开放语境——岭南女作家新都市小说初探[M]//杨宏海.全球化语境下的当代都市文学.北京：社会科学文献出版社，2007：263.

① 杨宏海.深圳文学：新都市心灵备忘录[M]//杨宏海.全球化语境下的当代都市文学.北京：社会科学文献出版社，2007：130.

气候、民俗、饮食等元素，陈玺在作品中进行了深入探索和精彩呈现，这些都为小说的情节增添了厚重的文化色彩。

## 二、语言、方言与文学创作

语言，这一宏观的系统，早已被认为是一种文化、历史和认知的载体。每一种语言都是一种生活方式、思维方式和看世界的方式。文学作品通过语言，向读者展现了一个特定文化和历史背景下的生活。它不仅仅是对生活的描述，更是对生活的解读和反思。然而，语言的博大精深并不仅限于官方的、标准化的形式。方言，作为语言的一个分支，带有更为鲜明的地域特色和文化背景，成了一个不可或缺的文学创作资源。方言，这一微观的语言体系，包含了一个地方的风土人情、习俗和哲学。它是某一个特定地域的集体记忆，是一部地方史的口述。这样的口述性使得方言在文学创作中有着独特的魅力。它能够带给读者一种浓烈的乡土气息，一种情感上的共鸣。当文学作品使用方言进行叙述或描写，它为读者提供了一个独特的窗口，让读者能够更为真实地体验到那个特定地域的生活与文化。事实上，许多文学巨作都以方言为载体，展现了其背后深厚的文化底蕴。如鲁迅的作品中经常运用的绍兴话，或是萧红、巴金等作家在作品中使用的方言，都使得作品更具有生命力和说服力。这些方言不仅仅是为了制造一种地方色彩，更是为了深入挖掘那些被方言所承载的情感和哲学。

韩邦庆以"吴语"写成《海上花列传》，将上海特有的大都市气息与地缘特色熔于一炉，形成一种"都市的地方特色"。《海上花列传》在方言写作的应用中具有里程碑的意义，特别是在其对话部分。这部作品在方言小说中具有创新性贡献。在韩邦庆笔下，章回小说尽管与口头传统如"说话"和"话本"有所关联，但在他的创作时期，已完全形成书面传统。作为一种书面表达方式，其目标读者和表达目的与民间歌谣和曲艺显然存在差异。值得注意的是，韩邦庆并没有通篇采用苏白方言进行创作，而是专门限制在人物对话部分。例如，《海上花列传》第十二回中呈现的人物对话："汤啸庵笑道：'今年阿是二月里就交仔黄梅哉，为啥多花人嘴里向才酸得来？'洪善卿笑道：'到仔黄梅天倒好哉，为仔青梅子比黄梅子酸得野哚。'"这段对话揭示了吴地特有的气候现象——黄梅天及其对当地民间生活和文化的影响。《海上花列传》中还涉及了吴地的一些独特的社会和经济习俗。在第三回中，阿德保与阿金夫妇因"会钱"而产生矛盾。这种"会"实际上是一种民间筹款机制，它在某些吴地的小乡村中仍然存续，并作为一种重要的经济和社交活动形式得以传承。《海上花列传》第二十五回："瑞生冷冷的道：'我匆去哉！空心汤团，吃饱来里，吃勿落哉。'"施瑞生因陆秀宝答应要陪他却突然要出局去而感到生气，"口惠而实不至"。"空心汤团"顾名思义，指没有馅料的汤圆，常用来比喻没有兑现落实的许诺。《清稗类钞·上海方言》："空心汤圆，本可获有利益，而意外失之，犹所食之汤团，中空无馅也。"可见俗谚是非常生活化的智慧，它来自日常生活的朴实和机趣，带有俗文学的鲜活气息，将纯正的百姓生活滋味逼真地展现出来。吴地情调的生活，有诸多的细小琐碎，赋予了这片土地繁华而不张扬、温柔细腻的内在气质。生活在这片土地的人们遵循着传统的民俗文化礼仪，孕育了独具魅力、具有鲜明地域特色的吴文化。吴方言及吴地文化就在江南浓厚的世俗民风中发展、融合，展现出更为多样独立的姿态。

### 三、风俗习惯与文学描写

风俗习惯在文化背景中占据重要的地位，它不仅是文化传承的体现，而且在各类艺术形式中都有所呈现，尤其是在文学中。文学描写，作为文化的一个重要分支，通常涉及社会、历史、心理和文化等多个方面的内容，而风俗习惯作为这些内容的一部分，为文学提供了丰富的素材和情境背景。可以说，风俗习惯与文学描写的关系紧密，相互影响，相辅相成。在文学创作中，对风俗习惯的描写往往可以深化读者对人物、情节和背景的理解。它提供了一个具体的时空背景，帮助读者更好地理解和感受作品中的人物行为、心理动机和社会关系。比如，宴会、庙会、婚礼等风俗场景常常被用作重要的情节转折点或人物交往的场所，为文学作品增添了浓厚的时代色彩和地域特色。这种描写不仅增强了文学作品的真实性，还为读者提供了了解当时社会风俗习惯的窗口。风俗习惯在文学中的描写也反映了作者的社会观察和人文关怀。通过对某一风俗习惯的批判或赞颂，作者可以传达其对社会、道德、人性等问题的思考和立场。例如，许多文学作品中对某些压迫性或过时的风俗习惯的揭露和批判，往往体现了作者对人权、自由和平等的追求。

陈忠实的《白鹿原》就是一部民俗文化十分浓厚的作品。《白鹿原》充分描述及定位了礼仪民俗，特别是在描述长子白孝文、长女白灵的诞生礼时，更是将礼仪之道描述得活灵活现。在陈忠实的作品中，集中将有礼志士的宽广情怀和礼仪引起的民族气节展现出来。凡事礼当先，这是中华民族几千年的公共规则。陈忠实在作品中，用礼对生命进行了诠释，整个作品中，始终贯穿着礼的存在，因此，《白鹿原》被海外读者评为最具中国味道的文学作品。

贾平凹的文学创作深深植根于民情风俗，通过这一视角探寻民族的历史脉络与文化心韵，勾勒出浓郁的民族特色与中华气质。他的散文作品中，最具深度和细腻的描绘当属那片哺育了他的黄土高原，特别是他居住了 19 年、拥有深厚历史的商州山地。无论是乡村的传统、都市的生活风情，还是关中人日常生活的喝西凤、吃泡馍、唱秦腔，抑或关中乡村的建筑风格，"黄土版筑，墙高檐宽"（来自《关中论》），都被他细致刻画。特别是在他的《商州三录》系列（包括《商州初录》《商州又录》与《商州再录》）中，他用质朴而真挚的笔触记录了这片土地上的生活点滴。如在《黑龙口》中描述的特别的"旅店"习俗，旅客与主人共睡一张炕，只是主人位于中间，形成一道"隔墙"。从《桃冲》中的悠然老汉，《龙驹寨》里人们与自然的紧密关系，山阳的《小白菜》传统，棣花的年节风俗，到白浪街的多元文化交融及其"三省总督"的传统家风，再到《镇柞的山》中古老的婚恋风俗和礼仪差异，都被他细腻地勾画出来。此外，如《周武寨》中的历史变迁，《金洞》的人性揭示，以及《刘家三兄弟的本事》与《木碗》中传统手艺的传承，都为读者展现了一个丰富多彩、真实而生动的文化世界。

# 第三章　历史视野下的
# 都市与文学

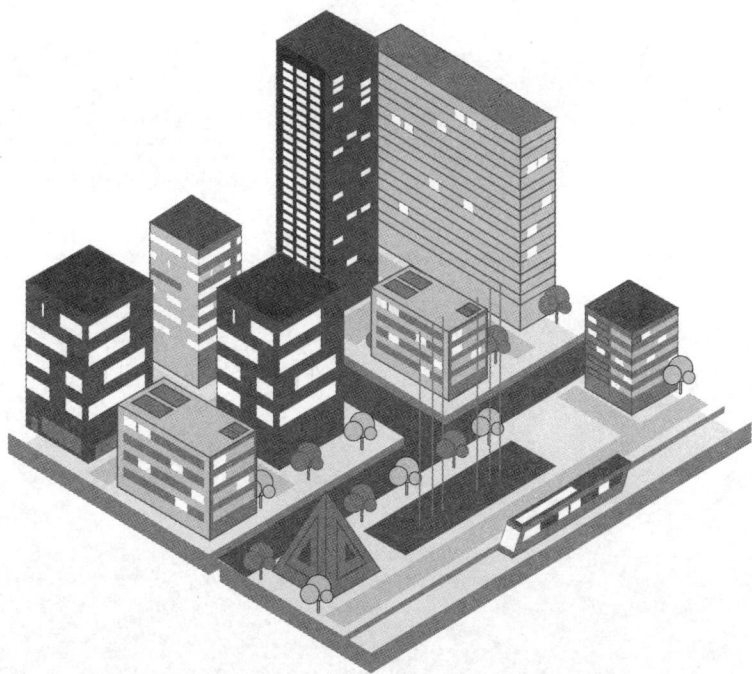

# 第一节　士大夫文学视野中的汴京都市意象

## 一、汴京长堤送别景象

北宋时期的汴河，源起于隋炀帝所开凿的通济渠，曾在唐代担当起连接南北的重要漕运通道。然而，随着宋朝经济重心向南的演进，汴河逐渐升华为整个国家的生命线。[①]正如《宋史》所记载：

岁漕江、淮、湖、浙米数百万，及至东南之产，百物众宝，不可胜计。又下西山之薪炭，以输京师之粟，以振河北之急，内外仰给焉。[②]

这一叙述充分展示了汴河在当时作为商业和物流中心的核心地位，它不仅连接了南北经济，更是京师和河北地区供给粮食和燃料的关键要道。

汴京长堤，自古以来就是文人墨客思考与创作的源泉，这一景象与都市的商业繁华紧密相连。漕运商船与画舸客船的交织，呈现了汴京都市的复杂面貌，也展示了士大夫文化与社会现实的相互作用。

漕运商船的形象在汴京长堤的描绘中占据了重要地位。漕运作为古代重要的物流手段，商船上的商品往来展示了都市繁华与商业活跃的一面。与此同时，商船上的人，不论是勤劳的船夫还是忙碌的商人，都一起构成了一幅生动的社会画卷，反映了当时社会的风俗与民间生活。画

① 张家驹. 两宋经济重心的南移 [M]. 武汉：湖北人民出版社，1957：125.
② 宋史 [M]. 北京：中华书局，1977：2316-2317.

舸客船则从另一个角度诠释了长堤的风采。它们通常与文人士大夫有关，画舸上的雅集、琴酒诗歌，成了文人间交往的重要场所。士子与官员，不仅在画舸之上展示了他们的风采与才情，这里也成了文化交流与思想碰撞的重要平台。与商船形成鲜明对比的是，这些画舸客船更多地体现了精神追求与文化品位的提升。

北宋时期的汴京都市景象中，长堤送别的景色是一道独特的风景线。宋梅尧臣在《宛陵集》卷五十四的《送陆子履学士通判宿州》中绘写了长堤送别之景："雷雨初过草木新，汴堤杨柳绿阴匀。已看画舸逐流水，不惜长条折与人。淮境秋传蟹螯美，郡斋凉爱蚁醅醇。睢南莫久留才子，宣室归来问鬼神。"[①] 这里描绘了汴河的风光，展示了不仅有漕运的商船，还有画舸的客船穿梭其中的图景。

汴河作为北宋京都的南北交通大动脉，官员士子的往来频繁，长堤送别的情景成了河上的一大景观。此外，柳永的《雨霖铃》"寒蝉凄切"一词，其"留恋处，兰舟催发"和名句"今宵酒醒何处？杨柳岸，晓风残月"[②] 可能正是以汴河长堤送别的景致为背景，从而成了词人文学想象的基础。宋陆佃的《陶山集》卷一中写道："明夜画船回首处，汴堤烟月柳千株。"[③] 这一景致与柳永名句的诗意相仿，展现了汴堤送别景象在士大夫文学视野中的独特魅力，也反映了当时都市文化的精神风貌。孔平仲的《汴堤行》同样描绘了长堤送别的情景："长堤杳杳如丝直，隐以金椎密无迹。当年何人种绿榆，千里分阴送行客。波间交语船上下，马头揖别人南北。日轮西入鸟不飞，从古舟车无断时。"[④] 其中的"波间交语船上下，马头揖别人南北"二句，形象生动地写出了送别之景，而"从古舟车无断时"一句则写尽了千古送别的情感。

---

① 梅尧臣．梅尧臣集编年校注 [M]．上海：上海古籍出版社，1980：964.

② 柳永．乐章集校注 [M]．薛瑞生，校注．北京：中华书局，1994：59-62.

③ 陆佃．陶山集 [M]// 王云五．丛书集成初编．北京：商务印书馆，1936：12.

④ （宋）郭祥正撰：《青山续集》卷四，四库全书本。按，（宋）孔平仲撰《清江三孔集》卷二十二，四库全书本，同样载有《汴堤行》，文字完全相同。未知何是。

## 二、汴京四季风光描绘

### （一）春天的汴京景色

汴京四季风光各具特色，其中春天的景色尤为动人，反映了汴京都市文化的灵魂和魅力。在春天的汴堤上，万物复苏，一切都散发着生机和活力。随着春风的吹拂，河岸两边的柳树开始抽芽，新绿的柳叶摇曳生姿，仿佛为城市的繁华拍着掌。此时的汴河，不仅是南北交通的大动脉，更是人们享受自然美景和诗意生活的好去处。春天的汴堤不仅有美丽的自然景色，更有丰富的人文气息。河岸边，文人墨客常常聚集，举杯赋诗，把酒言欢。他们用诗词歌赋记录下春天汴堤的美景，也借助自然的美好传达人们对生活的热爱和对未来的向往。

汴堤春色的描绘在许多文人的作品中都有体现，通过他们的笔触，我们仿佛可以闻到春天的花香，听到柳枝与春风的私语，感受到人们对这片土地的眷恋和对美好生活的追求。宋黄裳的《演山集》卷十的《登汴堤》一诗中写道：

> 杨花榆荚卫行人，十里遥堤一色春。多为利名怜此景，未能怜得自由身。[①]

黄裳不仅生动描绘了汴堤春天的美景，而且深入挖掘了观看此景之人的内心世界。无论是商人、旅人还是宦游的士子，他们在追求名利的同时，却遗失了自由的身心。黄裳对"未能怜得自由身"的感叹，揭示了人们在现实追求中的无奈与失落，也反映了唐宋变革后，士大夫文化的新变化和新追求。

李之仪的《晚步汴堤始见春色次夜与蔡君规郑希仁同饮进奏官舍》则深入挖掘了汴堤春色对人的情感影响：

---

① 　（宋）黄裳撰：《演山集》卷十，四库全书本。

昨日行河堤，柳色绿如堵。只疑晚烟罩寒林，细看始知春已到。春来本不与我期，病中蹉却春来时。尘埃雨过风不起，但见红紫咄咄陵高枝。年年见春随分喜，今年见春略无意。泊然相遇等幻化，况是客愁如梦里。前年随春入都门，去年探春海上村。今年作客还到此，万里漂浮谁与论。故人邂逅罗酒樽，白发相逢情更亲。身世崎岖有底急，终日裂脐如归云。倚门几夜环连梦，勃窣稚子行逡巡。扁舟早晚东南奔，车马纷纷愁杀人。①

李之仪通过对汴堤柳色的细腻描绘，引发了对人生、身世的深刻感慨。他对春天的感受融合了对生命漂泊的感叹，与黄裳的"未能怜得自由身"之叹相呼应。

金明池的春景一直是文人墨客眷恋和描绘的主题。其中郑獬的诗《游金明池》和释觉范的《石门文字禅》卷十六的《次韵超然春日湘上二首》更是对金明池进行了绚丽描写，不仅把握了其自然之美，还展示了人们对这片土地深深的情感。

郑獬的诗《游金明池》写道：

万座笙歌醉复醒，绕池罗幕翠烟生。云藏宫殿九重碧，春入乾坤五色明。波底画桥天上动，岸边游客鉴中行。金舆时幸龙舟宴，花外风飘万岁声。②

诗中通过生动的描绘，展现了金明池春天的繁荣与喧嚣。笙歌、罗幕、翠烟、云藏宫殿、五色的春天、画桥、游客，都构成了一幅立体、动感、全景的金明池春游图。金明池的春色不仅生动活泼，而且富有宫廷的壮丽气势。

---

① （宋）李之仪撰：《姑溪居士文集》，丛书集成本。
② （宋）郑獬撰：《郧溪集》卷二十七，四库全书本。

而释觉范的诗则从另一个角度反映了金明池的魅力：

暮年身世极南边，病眼愁看北客船。忆着金明池上路，宝津晴瓦隔霏烟。①

这首诗描写的是作者在湖湘时期的回忆。虽然作者身处极南之地，但是金明池的春景常常浮现在他的眼前。金明池上路、宝津晴瓦，都成了他对北地故乡的深深回忆。在金明池的美景之下，藏着他对家乡的思恋之情。

两首诗虽然视角不同，但都反映了金明池春景的美丽，以及它在人们心中所占据的特殊地位。无论是描写金明池的繁华，还是表现对金明池的思念，都让我们看到了金明池作为文化符号的深远影响。它不仅是自然景观的展示，更是人们心灵深处的共鸣，是对美好生活的追求和对故乡的眷恋。

王安石的《金明池》诗从一个别致的角度描述了金明池的景色，并通过对春天的描述引发了对生命流逝的感慨。下面对其内容进行解释和改写：

宜秋西望碧参差，忆看乡人禊饮时。斜倚水开花有思，缓随风转柳如痴。青天白日春常好，绿发朱颜老自悲。跋马未堪尘满眼，夕阳偷理钓鱼丝。②

金明池在西门外，故云"西望"。"碧参差"化用了杜牧的诗"满江秋浪碧参差"。花若有思，柳则如痴。王安石用了拟人笔法描摹刻画，生动有趣。此诗从宜秋门西望金明池的角度切入，描绘了碧波荡漾的湖面。

---

① （宋）释觉范撰：《石门文字禅》卷十六，四库全书本。
② （宋）王安石撰：《临川文集》卷二十四，四库全书本。

诗人回忆着与乡人禊饮的时光，那些水中花朵似乎沉浸在思绪中，风中的柳树也如同陷入了迷恋。这些自然元素的拟人化描绘，使得景物显得生动有趣。然而，随着时间的推移，青天白日下的春光虽然依然美好，但诗人却开始感叹年龄的增长，绿发渐白，朱颜渐老。即使他还意气风发地跋马前行，尘土也令他眼中充满疲惫，夕阳下，他只能偷偷地理着钓鱼的丝线。

### （二）汴河夏景

夏天的汴河，呈现了一种与春天截然不同的美丽景致。让我们通过梅尧臣的《夏日汴中作》来深入体验汴河夏景的魅力。梅尧臣在这首诗中写道：

倚棹望平野，低云密未收。黄鹂度高柳，归燕拂行舟。浊水不堪照，清江空忆游。晚晴蒸润剧，喘月见吴牛。[1]

通过诗人的笔触，汴河夏日的风光仿佛跃然纸上。在夏天的温暖阳光下，"黄鹂度高柳，归燕拂行舟"生动描绘了大自然的生机和活力。然而，夏天的汴河也充满了炎热和潮湿的气氛，"晚晴蒸润剧"刻画了因温度高产生的湿润河雾景象。特别引人注目的是诗中"喘月见吴牛"的描写，它借用了吴牛喘月的典故来形容酷热难当的情景。《太平御览》卷四引汉应劭的《风俗通》："吴牛望见月则喘，使之苦于日，见月怖喘矣。"[2]，因为吴地之牛畏热，见月疑日而气喘。这一典故以一种富有诗意的方式捕捉了夏天汴河的酷热，使读者仿佛身临其境。

---

[1] 梅尧臣. 梅尧臣集编年校注 [M]. 上海：上海古籍出版社，1980：120.

[2] 《太平御览》卷四引汉应劭的《风俗通》，四部丛刊本。

### （三）秋季的汴京

秋天的汴京，有着别样的风采，兼具宁静与萧索的气息。秋日的金明池便是这一风采的完美代表，不仅以其凄清的美景吸引人们的目光，更在其中蕴藏着人们对生活与人生的不同追求和理解。

韩维的《和冲卿晚秋过金明池》正是对金明池秋景的精彩描绘：

闻君西郊行，正值秋风晚。清霜卷枯荷，碧玉莹池面。浮空结修梁，涌波抗华殿。云烟渺净色，览望一萧散。缅思暮春际，都人盛嬉燕。连帷错绣绮，方车鹜金钿。填填鼓钟响，耳目厌哗眩。乃令尘嚣辞，而有清旷恋。达人冥至理，喧寂无异观。偶然秉化往，何适非汗漫。吾知御寇游，所乐在观变。[①]

这首诗展现了金明池秋日的萧瑟景象，如"清霜卷枯荷"与"碧玉莹池面"之间的对比，让人领悟到人生的过往与现实。与春天金明池的热闹不同，秋天的金明池带着凄清的气息，令人感受到人生的无常与变迁。

韩维本人也有着非凡的经历，曾与王安石交锋，历任官职，最后又屡遭贬谪。他的诗歌不仅描写了金明池的秋景，还从中引发了对人生的深思，显示了士大夫对人生、社会和自然的复杂情感。

### （四）冬季的汴京

北宋时期，汴河是汴京城市的一条主要水道，它贯穿城市内外，兼具了商业繁华地段和风景观赏场域等多功能的文化地理标志。在许多文献和艺术作品如《清明上河图》中，汴河的影响力在当年的都市居民心目中与今日的北京王府井大街或者上海南京路与外滩相当。但与现代繁华街市不同的是，汴河还具有自然的风光河景与堤色。

---

① （宋）韩维撰：《南阳集》卷四，四库全书本。

在贺铸的《汴下晚归》中，描绘了汴河的冬景：

> 隋渠经雪已流冰，乘兴东游恐未能。试问何人知夜永，一樽相伴小窗灯。[①]

在寒冷的北宋冬天，汴河已结冰断流，以至于原本想乘兴东游的人士也只能作罢。紧接着，诗中的画面转而收敛，集中在一位客游京师的游子身上，他在小窗旁，一樽酒与灯光相伴，为冰冷的夜晚增添了一些温暖之意。这首诗不仅展示了汴河冬季的景色，还表达了诗人对人间寒冷、孤独的感慨，以及对温暖的渴求。对汴河的描写在此并不仅仅是风景描绘，更成了诗人情感的象征和投射，展示了一种人文与自然景观交融的复杂美感。

# 第二节　市民文学视野中的东京意象

## 一、市民日常生活图景

在宋代，中国历史上的城市化进程得到了显著推动，这一时期也标志着商业、文化和社会组织的重大转型。市民阶层的壮大，作为一个独立和有影响力的社会力量的出现，反映了这一转型的深度和广度。其实质并不仅仅局限于城市空间的重组，而是涉及更深层次的文化和社会结构的变革。

汴京夜市的兴盛是市民日常生活丰富性的生动体现，反映了商品经济的活跃与都市夜生活的丰富，并成了文化交流和社交娱乐的重要场所。宋太祖赵匡胤下令允许夜市的存在，并不仅仅是一个经济政策的决策，更是一种对新兴市民文化的认可和推动。据《东京梦华录》所述，有州桥夜市："夜市北州桥又盛百倍，车马阗拥，不可驻足，都人谓之'里

---

① （宋）贺铸：《庆湖遗老诗集》卷九，四库全书本。

头'。"① 汴京夜市以酒楼、食店居多，主要是娱乐性质的。而且，不管酷暑严冬，还是刮风下雨，夜市始终旺盛非凡。

这种繁荣也体现在市民文化的多元性和包容性上，非正式的、非精英的文化开始在城市空间中占据重要地位，与传统的士大夫文化形成对话。这一转变不仅仅是一种文化现象，更是一个社会现象，它涉及权力、身份和地位的重新配置，以及公众参与度的增加。

而"城市革命"这一概念所揭示的政治功能与商业功能并重的城市格局，则进一步强调了市民作为主体的城市日常生活的多样性和复杂性。政府的角色从单纯的政治控制，逐渐转变为促进商业和文化的发展与市民的需求和欲望相结合。"夜市直到三更尽，才五更又复开张"②，这样的生活节奏与之前的时代形成鲜明对比，成了都市生活的新常态，标志着社会与文化的现代化进程。

宋代东京城的城市繁荣和人文鼎盛在历史文献中得到了深入描绘，例如宋孟元老在《东京梦华录》中对城市生活的生动描写，以及洪迈在《容斋五笔》中对士大夫、商贾和年轻一代追求京都生活的分析。这些记载揭示了京都在传统社会的地位，作为政治、经济和文化的核心，其吸引了全国各地的人们。

　　太平日久，人物繁阜。垂髫之童，但习鼓舞；班（斑）白之老，不识干戈。时节相次，各有观赏。灯宵月夕，雪际花时，乞巧登高，教池游苑。举目则青楼画阁，绣户珠帘。雕车竞驻于天街，宝马争驰于御路，金翠耀日，罗绮飘香。新声巧笑于柳陌花衢，按管调弦于茶坊酒肆。八荒争凑，万国咸通。集四海之珍奇，皆归市易；会寰区之异味，悉在庖厨。花光满路，何限春游；箫鼓喧空，几家夜宴。伎巧则惊人耳目，侈

---

① 　孟元老.东京梦华录笺注[M].北京：中华书局，2006：174.
② 　同上。

奢则长人精神。①

——（宋）孟元老《东京梦华录》

　　国朝承平之时，四方之人，以趋京邑为喜。盖士大夫则用功名进取系心，商贾则贪舟车南北之利，后生嬉戏则以纷华盛丽而悦。②

——（宋）洪迈《容斋五笔》卷九《欧公送慧勤诗》

　　商品经济的兴盛为城市市民大众文化的发展提供了经济基础。勾栏瓦子的出现，特别是演艺从宫廷走向民间，从官僚阶层和士大夫阶层转向大众，是这一变化的重要标志。北宋的城市文化娱乐景象中，勾栏成为固定演出场所的重要象征，不受时间和天气的限制，甚至出现了流动和临时演出的形式。《清明上河图》中所展示的说书现场，充分证明了这一活动在当时的盛行。同时，话本中的描写也反映了瓦舍里的商业娱乐设施齐全，成为市民休闲生活的主要场所。话本中的有关描写，如《宋四公大闹禁魂张》写到闲汉赵正骗到衣服以后，"便把王秀许多衣裳著了，再入城里，去桑家瓦里闲走一回，买酒买点心吃了，走出瓦子外面来"③。而在《闹樊楼多情周胜仙》中，包大尹差人捉盗墓贼朱真，"当时搜捉朱真不见，却在桑家瓦里看要"④，可见当时瓦舍里商业娱乐设施都很齐全，成为市民闲暇时间的经常去处。这些文献资料和艺术作品共同勾勒出一幅多彩的城市生活图景。城市不仅是商品经济的中心，更是文化交流的舞台，集结了不同阶层和地域的人们。特别是商业娱乐的丰富，使得城市生活的细腻和多样得以展现，同时也反映了社会阶层的流动和文化的下沉。这在一定程度上揭示了城市空间的转变，从突出政治功能的单一性到商业功能的并重，从宵禁和坊市制的限制到夜生活的繁荣。

---

① 　孟元老.东京梦华录笺注[M].北京：中华书局，2006：1.
② 　洪迈.容斋五笔[M].上海：上海古籍出版社，1978：910.
③ 　程毅中.宋元小说家话本集[M].济南：齐鲁书社，2000：163.
④ 　程毅中.宋元小说家话本集[M].济南：齐鲁书社，2000：800.

勾栏瓦舍的兴盛在历史文献中得到了丰富的记载，可追溯到五代时期。例如，《史弘肇传》对后周太祖郭威在东京瓦舍里活动的情形进行了描述：

这郭大郎因在东京不如意，曾扑了潘八娘子银子。潘八娘子看见他异相，认做兄弟不教解去官司，倒养在家中。自好了，因去瓦里看，杀了构栏里的弟子，连夜逃走。①

宋时的勾栏起源似乎与临时的戏场有关，特别是在南宋，没有固定场所的表演者在路边空地展开表演，称为路岐人。如《武林旧事》卷六所述：

或有路岐，不入勾栏，只在要闹宽阔之处做场者，谓之"打野呵"，此又艺之次者。②

市井勾栏最初的创立可能经历了此类阶段，然后逐渐发展并固定下来，最终形成了瓦子的规模。

在北宋开封的勾栏瓦舍中，以东角楼的瓦舍最为集中。除此之外，如曹门外保康、旧封丘门、大内西等地区也均设有大型瓦舍，其中桑家瓦舍尤为知名。例如，《东京梦华录》记载了十座瓦舍，包括新门瓦舍、桑家瓦舍等，"街南桑家瓦子，近北则中瓦，次里瓦，其中大小勾栏五十余座。内中瓦子莲花棚、牡丹棚。里瓦子夜叉棚、象棚最大，可容数千人。自丁先现、王团子、张七圣辈，后来可有人于此作场。瓦中多有货药、卖卦、喝故衣、探搏、饮食、剃剪、纸画、令曲之类。终日居此，

---

① 程毅中．宋元小说家话本集[M]．济南：齐鲁书社，2000：612-613.
② （宋）周密撰：《武林旧事》卷六，知不足斋丛书本。

不觉抵暮"①。

上述文献资料充分展示了当时勾栏瓦舍的繁荣景象,从临时的街头演出到固定的瓦舍,反映了都市文化娱乐场所的演变过程和多样性。同时,瓦舍内丰富的商业和娱乐设施,也揭示了都市生活的细致和多彩。

宋元话本的产生和发展与城市生活紧密相连。它不仅反映了当时的社会风俗和人民的日常生活,还在文学、艺术和社会史方面具有深远的影响。说话艺术的起源,有不同的观点。《七修类稿》提出小说起于宋仁宗时期,但此说受到质疑。早在南宋时期,吴曾在《能改斋漫录》卷四的《辨误》中已经辨析了这个误区:

王荆公所作《贾魏公神道碑》云:"景祐元年,积官至尚书都官员外郎,乃始置崇政殿说书,而以公为之。"然予按《傅简公佳话》云:"太祖少亲戎事,性好艺文,即位未几,召山人郭无为于崇政殿讲书,至今讲官所领阶衔,犹曰崇政殿说书云。"据傅简公所言,则崇政殿说书不始于仁宗景祐元年矣。岂中尝罢之,而至是再建邪?②

此段文献表明说话艺术的起源要早于宋仁宗时期,它与崇政殿的讲书活动有关,可追溯至宋太祖时代。

孟元老的《东京梦华录》卷五对勾栏戏班的职业化分工做了全面的记载,揭示了当时勾栏演艺的特点和风采:

崇、观以来,在京瓦肆伎艺:张廷叟、孟子书主张。小唱:李师师、徐婆惜、封宜奴、孙三四等,诚其角者。嘌唱弟子:张七七、王京奴、左小四、安娘、毛团等。教坊减罢并温习:张翠盖、张成弟子、薛子大、薛子小、俏枝儿、杨总惜、周寿奴、称心等。般杂剧,杖头傀儡任小三,

---

① 孟元老.东京梦华录笺注[M].北京:中华书局,2006:144-145.
② 吴曾.能改斋漫录[M].上海:商务印书馆,1941:63.

每日五更头回小杂剧，差晚看不及矣。悬丝傀儡，张金线，李外宁，药发傀儡。张臻妙、温奴哥、真个强、没勃脐、小掉刀，筋骨上索杂手伎。浑身眼、李宗正、张哥，球仗踢弄。孙宽、孙十五、曾无党、高恕、李孝详，讲史。李慥、杨中立、张十一、徐明、赵世亨、贾九，小说。王颜喜、盖中宝、刘名广，散乐。张真奴，舞旋。杨望京，小儿相扑、杂剧、掉刀、蛮牌。董十五、赵七、曹保义、朱婆儿、没困驼、风僧哥、俎六弄，影戏。丁仪、瘦吉等，弄乔影戏。刘百禽，弄虫蚁。孔三传，耍秀才，诸宫调。毛详、霍伯丑，商谜。吴八儿，合生。张山人，说诨话。刘乔、河北子、帛遂、胡牛儿、达眼五、重明乔、骆驼儿、李敦等，杂班。外入孙三神鬼。霍四究，说《三分》。尹常卖，《五代史》。文八娘，叫果子。其余不可胜数。不以风雨寒暑。诸棚看人，日日如是。教坊钧容直，每遇旬休按乐，亦许人观看。每遇内宴前一月，教坊内勾集弟子小儿，习队舞，作乐杂剧节次。[①]

此段描绘了当时勾栏演艺的职业化特点，体现了城市文化的繁荣和人们的审美需求。

关于"张廷叟、孟子书"管理瓦舍勾栏一事，学者有不同看法。廖奔推测他可能是官府委派的管理人员[②]，而吴晟认为他可能专门管理勾栏营业[③]。笔者则认为，勾栏的管理问题是伴随着其蓬勃发展而逐渐出现的，此前可能没有专门的管理机构和人员。

通过以上实践，出现了一大批文字底本，形成了现称之为宋元话本的作品。这些作品对两宋的城市生活图景作了形象生动的反映，为后人提供了丰富的历史和文化资料。

在宋元话本中，东京作为故事背景经常被描绘，其城市地标和建筑的

①  孟元老. 中华国学文库 东京梦华录笺注 [M]. 伊永文，笺注. 北京：中华书局，2021：461.

②  廖奔. 中国古代剧场史 [M]. 郑州：中州古籍出版社，1997：54.

③  吴晟. 瓦舍文化与宋元戏剧 [M]. 北京：中国社会科学出版社，2001：46.

刻画成了都城代表性的城市特征。例如，在《宋四公大闹禁魂张》中描述道："宋四公夜至三更前后，向金梁桥上四文钱买两只焦酸馅"；《简帖和尚》描绘了"（小娘子）上天汉州桥，看著金水银堤汴河，恰待要跳将下去"；《勘皮靴单证二郎神》记录了"（冉贵）将担子寄与天津（汉）桥一个相识人家"。① 这些描写不仅展现了北宋东京的地理空间，还真实反映了当时著名的城市文化。以地理为依托，例如《志诚张主管》涉及的界身子里、端门、金明池、万胜门、天庆观等；以城市文化为背景，如元宵灯节、清明节的展现等。其细致入微的描写可在孟元老的《东京梦华录》、明李濂的《汴京遗迹志》、清周城的《宋东京考》、吴曾的《能改斋漫录》、陆游的《老学庵笔记》、周密的《齐东野语》等文献中得到验证。

然而，与西方小说对于巴黎、伦敦等城市的细致书写相对比，这些话本小说对汴京城市空间的整体书写通常较为笼统。这种描写方式可能反映了当时中国小说与西方小说在叙事风格和观察细节上的差异，也或许揭示了宋元时期城市文化与社会心态的特定方向。

在宋元话本中，我们可以观察到对北宋时期东京（今开封）都市生活的丰富描绘。这些描述的细节不仅在地理空间方面体现了城市的真实面貌，也真实反映了北宋东京的一些最为著名的城市文化。例如，《志诚张主管》《郑节使立功神臂弓》和《宋四公大闹禁魂张》中对东京铺席的景象的描述，充分展示了北宋东京的商业活动的活跃度。②

话说东京汴州开封府界身子里，一个开线铺的员外张士廉，这张员外的门首是胭脂绒线铺，两壁装着厨柜。③

——《志诚张主管》

---

① 程毅中. 宋元小说家话本集[M]. 济南：齐鲁书社，2000：149，322-323，703，165，427-428.

② 程毅中. 宋元小说家话本集[M]. 济南：齐鲁书社，2000：3，148，726.

③ 程毅中. 宋元小说家话本集[M]. 济南：齐鲁书社，2000：726.

话说东京汴梁城开封府，有个万万贯的财主员外，姓张，排行第一，双名俊卿。这个员外，冬眠红锦帐，夏卧碧纱厨，两行珠翠引，一对美人扶……门首一壁开个金银铺，一壁开所质库。①

——《郑节使立功神臂弓》

这富家姓张名富，家住东京开封府，积祖开质库，有名唤做张员外。②

——《宋四公大闹禁魂张》

这里所描写都应是东京铺席的景象。

从古典话本中对东京城市空间的描述来看，它们通常相对笼统。然而，正是这些粗线条的描绘，使城市有了鲜活的气息和丰满的血肉。卢梭的名言"房屋只构成城镇，市民才构成城市"③，深刻揭示了人与城市之间的关系。

此外，城市还为两性相悦的市井传奇故事提供了丰富的想象空间，而且通过城市生活的流动性、变化性和复杂性，制造了产生不平常事件和生活传奇的可能性与机遇性。例如，《闹樊楼多情周胜仙》中的爱情故事，就发生在繁华的东京金明池旁边的樊楼。

一座城市不仅仅是建筑构成的地理和物质空间，其真实内容由市民书写，他们是城市的主角和最稳定的阶层。他们的梦想、传奇与渴望构成了城市日常生活最实在的内容，也构成了城市的鲜活灵魂与丰满血肉。④ 通过对话本中东京生活空间的分析，我们可以深入了解当时城市的社会、文化和商业方面的复杂现实，进一步增强我们对历史城市演变和传统文学作品中城市描写的理解。

---

① 程毅中. 宋元小说家话本集 [M]. 济南: 齐鲁书社, 2000 : 3.

② 程毅中. 宋元小说家话本集 [M]. 济南: 齐鲁书社, 2000 : 148.

③ 易斯·芒福德. 城市发展史: 起源、演变和前景 [M]. 宋俊岭, 倪文彦, 译. 北京: 中国建筑工业出版社, 2005 : 100.

④ 孙逊, 刘方. 中国古代小说中的城市书写及现代阐释 [J]. 中国社会科学, 2007( 5 ): 160-170, 208.

## 二、繁华与娱乐

城市的节日、娱乐、市民欲望等元素的交织反映了那个时代新兴社会阶层的特征与价值观。城市空间在北宋时期呈现出了一种多重交织的现象，它不仅是国家典礼、祭祀等正式文化活动的载体，更成了市民节日庆典和民俗活动的聚集地。不同的社会阶层，如贵族、士大夫、市民、游客，他们的生活和文化需求在城市空间中相互碰撞与融合，形成了一种多元化的文化氛围。

作为北宋东京都市文化的一个缩影，元宵节的盛况反映了当时社会经济的繁荣与城市的急速发展。商业活动的兴盛、城市经济的昌盛以及市民阶层的壮大，共同塑造了"元宵节"这一盛大节日的物质基础与绚丽背景。《宋史》中的记载展示了元宵节的独特盛况：

三元观灯，本起于方外之说。自唐以后，常于正月望夜，开坊市门然灯。宋因之，上元前后各一日，城中张灯，大内正门结彩为山楼影灯，起露台，教坊陈百戏。天子先幸寺观行香，遂御楼，或御东华门及东西角楼，饮从臣。四夷蕃客各依本国歌舞列于楼下……其夕，开旧城门达旦，纵士民观。[1]

元宵节夜的景象以及相关的民间记载，如吴自牧的《梦粱录》，"公子王孙，五陵年少，更以纱笼喝道，将带佳人美女，遍地游赏。人都道玉漏频催，金鸡屡唱，兴尤未已。甚至饮酒醺醺，倩人扶著，堕翠遗簪，难以枚举"[2]；又如周密的《武林旧事》，"效宣和盛际，愈加精妙"，"终夕天街鼓吹不绝。都民士女，罗绮如云"[3]；等等。这些都强烈体现了城市人们对享受于、娱乐和情感表达的需求。

① 《宋史》卷一百一十三，礼志十六，中华书局1977年版，第2697—2698页。
② 吴自牧撰. 梦粱录[M]. 傅林祥，注. 济南：山东友谊出版社，2001：7.
③ 周密. 武林旧事[M]. 傅林祥，注. 济南：山东友谊出版社，2001：38.

### 三、对于主流帝京意象的解构与颠覆

在北宋时期，帝京文化的复杂性不仅体现在其繁荣与欢庆的面貌，还展示了一种对于主流城市意象的解构与颠覆。一方面，城市被视作为市民提供庇护与安全的场所，但另一方面，城市中的市民却常常面临着不安和突如其来的灾祸。此时期的城市安全问题逐渐突出，特别是在坊市制度的破坏下，社会治安问题愈发严重。

宋元话本《宋四公大闹禁魂张》描绘了一位富商张富的悲剧，他被人称为"禁魂张员外"。引文描述了他因贪吝而遭遇的不幸："这富家姓张，名富，家住东京开封府，积祖开质库，有名唤做张员外。……人见他一文不使，起他一个异名，唤做'禁魂张员外'。这张员外就是遭遇贼盗，全家性命尽丧。"① 这一情节不仅反映了个人命运的悲剧，更进一步揭示了当时城市普遍中的不安全状况。

陆游的《老学庵笔记》卷六更具体地描绘了京师沟渠深广的情景，并揭示了其中的不安全因素："京师沟渠极深广，亡命多匿其中，自名为'无忧洞'。甚者盗匿妇人，又谓之'鬼樊楼'。国初至兵兴，常有之，虽才尹不能绝也。"② 这一描写强调了城市中隐秘和危险的一面，也强调了法律和治安机构的无力。

《宋四公大闹禁魂张》的结尾："诗云：只因贪吝惹非殃，引到东京盗贼狂。亏杀龙图包大尹，始知官好自民安。"它进一步强调了城市治安的失控与治理的困难。这不仅揭示了北宋东京的治安状况，还可以视作对北宋城市普遍治安情况的概括。

北宋时期，皇帝及其属下精英阶层努力塑造了一个与民同乐、歌舞升平的元宵灯节形象。然而，这一现实背后同样存在着对现存秩序的挑战与反叛。《大宋宣和遗事·亨集》为我们提供了一个重要的例证，展示

---

① 　程毅中．宋元小说家话本集 [M]．济南：齐鲁书社，2000：144-183.

② 　陆游．老学庵笔记 [M]．李剑雄，刘德权，点校．北京：中华书局，1979：73.

了这一时期帝京文化的另一种面相：

> 徽宗观灯以毕。是时开封尹设幕次在西观下弹压，天府狱囚尽押在幕
> 次断决，要使狱空。徽宗与六宫从楼上下觑西观断决公事，众中忽有一人
> 墨色布衣，若寺僧童形状，从人众中跳身出来，以手画帘，出指斥至尊之
> 语。徽宗大怒，遣中使执于观下，令有司拷问。棰掠乱下，又加炮烙，询
> 问此人为谁。其人略无一言，亦无痛楚之色，终不肯吐露情实。有司断了
> 足筋，俄施刀剐，血肉狼藉，终莫知其所从来。帝不悦，遂罢一夕欢。①

此情节揭示了帝王荒淫与民众反叛的主题，反映了都城中的犯罪与
反叛。它颠覆了社会现实秩序，打破了皇权所极力营造的太平盛世的假
象。这一刻画展示了帝京文化的另一种面相，呈现了一种真实的声音，
与京都大赋的颂歌所传达的信息截然不同。它揭示了精英文化的文学写
作中所遮蔽了的都市画面，从而发出了市民自己的声音。这一反叛和挑
战不仅仅是对帝王权威的否定，更是对主流文化霸权的反抗和突破，为
我们理解北宋时期的帝京文化提供了新的视角和深刻的洞见。

## 第三节　临安商业文化繁荣与文学空间的扩展

### 一、宋代汴京酒楼：都市繁荣与文化融合的象征

在北宋汴京的城市文化中，大型酒楼作为商业消费和社会繁荣的象
征，在城市历史上呈现了前所未有的新现象。这一点可以从酒楼的建筑
装饰、营业规模和地位等方面得到反映。

大型酒楼的产生与城市商业消费的发展有着直接关系。如伊永文在
《行走在宋代的城市》中指出："在宋代以前的城市里，高楼并非没有，但
都是皇宫内府，建筑供市民饮酒作乐，专事赢利的又高又大的楼房，是

---

① 　新刊大宋宣和遗事·亨集 [M]. 上海：中国古典文学出版社，1954：75-76.

不可想象的。只是到了宋代城市，酒楼作为一个城市繁荣的象征，才雨后春笋般发展起来了。"①  这标志着宋代酒楼不仅是商业娱乐场所，更是社会繁荣和城市化进程的一个重要标志。

酒楼的建筑装饰在宋代文化中占有重要地位。通过欢门和彩楼的描绘，彰显了酒楼作为都市风采的代表。所谓欢门，"近里门面窗户，皆谓之'欢门'"②。彩楼欢门则是两宋时代酒食店流行的店面装饰，利用彩帛、彩纸等材料，以及结构上采用的斜撑、"X"形支撑、三角支撑等方式，构成了一种独特的建筑风格。

周宝珠在《〈清明上河图〉与清明上河学》中也对宋代酒楼的状况做了详细的描绘，提到了"孙羊店"这一具有特色的酒楼：

> 门前有遮拦人马的杈子，杈子内的楞形花柱面上一面写着"正店"，字迹完整，一面写"孙记"字样，门一侧另一楞形花柱上，一面写有"香×"二字，另一面今天已看不清楚，可能也是四字对称。孙羊店的铺面为二层楼建筑，房屋高大，……门面雄壮，门前搭建的彩楼欢门也特别讲究。楼上高朋满座，楼前车水马龙。就店铺门面而言，在画中可谓独一无二。酒楼后院宽出处大酒缸空倒着，成排堆放在后院，叠累数层，这从一个侧面反映出该店造酒量是相当大的。③

以丰乐楼为代表的北宋豪华酒楼更是凸显了当时酒楼的地位和影响力。丰乐楼是北宋时汴京最豪华的酒楼，其宏伟的建筑形制与繁忙的营业场景在《清明上河图》中得到了生动的再现，如《东京梦华录》所描述：丰乐楼"宣和间，更修三层相高，五楼相向，各有飞桥栏槛，明暗

---

① 伊永文. 行走在宋代的城市：宋代城市风情图记 [M]. 北京：中华书局，2005：2180-2181.

② 孟元老撰；伊永文笺注. 中华国学文库：东京梦华录笺注 [M]. 北京：中华书局，2021：430.

③ 周宝珠.《清明上河图》与清明上河学 [M]. 开封：河南大学出版社，1997：97-98.

相通，珠帘绣额，灯烛晃耀"①。这一场景形成了"彩楼相对，绣旆相招，掩翳天日"的壮观景象。

丰乐楼的历史可以追溯至北宋政和七年（1117年），当时其位于涌金门外，称为丰豫门。根据宋董嗣杲的记载，该楼于政和七年在湖堂右侧的众乐亭旧基建立，并经历了数次更名和重建。楼的建筑和位置显现出深刻的历史与文化内涵。例如，它的西侧有四门，其中三门并不可见湖，只有涌金门与湖水相对，此设计的细节揭示了古代建筑和风水学的精湛技艺。董嗣杲的诗句"莺花箫鼓绮罗丛，人在熙和境界中。海宇三登歌化日，湖山一览醉春风"，展现了丰乐楼所在地的自然美景与人们享乐的和谐景象。赋文进一步描述了临安的历史、城市繁华与丰乐楼的美丽景观："平地耸蓬莱之岛，飞仙移紫府之宫，萦绿杨于南北，迷芳草于西东。"这些描绘不仅彰显了丰乐楼的壮美景观，还通过引用古典文献，如《史记·秦始皇本纪》和晋葛洪的《抱朴子·祛惑》，连接了现实与神仙的世界，呈现了一种超越现实的审美境界。此外，"碧天连水水连天，鱼在琉璃影里；画阁映山山映阁，雁横锦障图中"②的诗句描绘了丰乐楼上西湖碧水和水中倒影的美景，而"落霞楚天之空阔，细雨杨园之淡泊"则展示了不同时节、不同气候中的美景。这些诗意的描绘构成了对丰乐楼自然美和人工建筑美的完美融合。通过引用谢灵运和陶渊明的典故，"谢屐登临，陶巾落魄。休夸随鹿之游，更任狎鸥之乐"③赋予了丰乐楼一种文人雅士的情感，展示了一种追求自然、逍遥与超然的文化精神。

## 二、士人阶层都市公共空间中的文学书写与传奇

题壁文化在中国的历史沿革中占有特殊地位。学者们的研究揭示，这一文化传统始于两汉，盛于唐宋，其中唐宋时期的题壁诗文化达到了

---

① 孟元老. 中华国学文库 东京梦华录笺注 [M]. 伊永文，笺注. 北京：中华书局，2021：176.

② （宋）董嗣杲撰：《西湖百咏》卷上，四库全书本。

③ （宋）董嗣杲撰：《西湖百咏》卷上，四库全书本。

高峰。南宋临安的丰乐楼，曾是士人诗词创作的聚集地。一则广为人知的故事便源于此地，即话本《俞仲举题诗遇上皇》所描述的情节：俞良八千有余多路，来到临安，指望一举成名，争奈时运未至，门龙点额，金榜无名。无脸回乡，流落杭州。饱受艰辛后准备自尽。见座高楼，上面一面大牌，朱红大书：丰乐楼……想起身边只有两贯钱，吃了许多酒食，捉甚还他？不如题了诗，推开窗，看着湖里只一跳，做一个饱鬼。而上皇（按，指宋高宗）忽得一梦，……扮作文人秀才，带几个近侍官，都扮作斯文模样，一同信步出城。行到丰乐楼前，读到俞良的诗，龙颜暗喜，想道：此人正是应梦贤士，……当下御笔亲书六句："锦里俞良，妙有词章。高才不遇，落魄堪伤。敕赐高官，衣锦还乡。"……孝宗见了上皇圣旨，……即刻批旨："俞良可授成都府太守，加赐白金千两，以为路费。"故事的结局就是俞良被"前呼后拥，荣归故里"。[①]此故事充分体现了士人文化与权力的交融。俞良赴杭应考落榜后的经历揭示了士人阶层在社会中的地位与命运。他在丰乐楼题写的词作不仅反映了个人的心路历程，而且展示了文学作品在公共空间中的特殊价值和功能。俞良的题诗过程描绘了一个文人的内心挣扎与坚持。从"俞良独自一个，从晌午前直吃到日晡时后，面前按酒，吃得阑残。俞良手抚雕栏，下视湖光，心中愁闷。唤将酒保来：'烦借笔砚则个。'酒保道：'解元借笔砚，莫不是要题诗赋？却不可污了粉壁，本店自有诗牌。若是污了粉壁，小人今日当值，便折了这一日日事钱。'俞良道：'恁地时，取诗牌和笔砚来。'须臾之间，酒保取到诗牌笔砚，安在桌上。俞良道：'你自退，我教你便来，不叫时休来。'当下酒保自去。"[②]的描绘到他题下的《鹊桥仙》词：

来时秋暮，到时春暮，归去又还秋暮。丰乐楼上望西川，动不动八千里路。

---

① 程毅中．宋元小说家话本集[M]．济南：齐鲁书社，2000：746-756.
② 程毅中．宋元小说家话本集[M]．济南：齐鲁书社，2000：746-756.

青山无数，白云无数，绿水又还无数。人生七十古来稀，算恁地光阴，能来得几度！ ①

这一过程与词作通过对时光、空间和人生的探索，展示了士人文化的精神气质与时代特色。俞良的《鹊桥仙》词构思巧妙，修辞独特，强化了主题，达到了很好的艺术效果，最终为他赢得了权力的认可与社会地位的提升。这一事件进一步揭示了文人与皇权、社会地位之间的复杂互动关系，以及题壁文化在社会传播、人物评价等方面的重要作用。

## 三、吴文英丰乐楼题壁词与南宋临安都市文化

在南宋时期，题壁文学作为一种独特的文学形式，在许多公共场所，特别是酒楼和茶肆中广泛流行。这种题壁作为特殊的媒介载体，不仅具有媒介传播的功能与效果，而且促使南宋临安的标志性建筑如丰乐楼，成为信息聚散的最佳场所。丰乐楼的历史和建筑特色使其成为当时文人骚客的聚集地。早在淳祐九年（1249 年），赵安就对丰乐楼进行了翻新。此外，丰乐楼也是知名文人如林晖、施北山、赵忠定以及吴文英等人的题壁之地。

吴文英（别号梦窗）作为南宋后期最精通音律的词人，以其《莺啼序》在丰乐楼题壁而著称。该词牌始见于《梦窗词集》，全文 240 字，分为四阕，后来又被称为《丰乐楼》词牌。这一题壁作品展示了吴文英深厚的文学造诣，并反映了他"望幸"的心理，即希望通过题壁获得皇帝的赏识和官职。吴文英与时任绍兴知府吴潜关系密切，吴潜在绍兴时，吴文英就已入幕。吴文英有 4 首赠吴潜的词作，而吴潜集中也保存有和吴文英的 3 首词作，说明两人关系比较密切。而吴文英的丰乐楼题壁词又是为临安知府新修丰乐楼而题写，词中带有颂意，是一首比较特殊的应酬词作。这一行为反映了长期沉沦下僚的吴文英对于自身才华得到认

---

① 程毅中 . 宋元小说家话本集 [M]. 济南：齐鲁书社，2000：749-750.

可的渴望。

南宋时期的都市，特别是其豪华壮丽的酒楼，作为公共空间的象征，对都市文学的形成与发展起到了推动作用。它们不仅为文学创作提供了新的空间与平台，也丰富了作品的灵感、题材与内容。从宏观角度来看，都市文学也对南宋都城的文化形象和城市声誉产生了积极影响。

以吴文英的丰乐楼题壁词为例，这一都市公共文学事件超越了传统诗歌写作的私人性与动机，呈现了不同的文学新质。临安这一繁华的都市文化，豪华的酒楼空间为词人提供并激发了创作灵感，成为城市文学孕育的新基础。酒楼作为北宋都市允许临街开店之后才逐渐形成的建筑豪华、装饰富丽的新的公共空间，不仅促使词这样的文学文体繁荣发展，提供了新的题材、内容，而且促使词这样一种文学作品具有了此前不具有的社会性功能的意义与价值。①

在宋代，酒楼成为文学创作的新场所，相较于唐代主要在驿站、寺院墙壁题写的传统，这一新现象产生了显著的影响和传播效果。如刘金柱在《中国古代题壁文化研究》中所说："已经有研究者注意到宋词的酒楼题壁，并且从传播的场所角度加以简要介绍。"② 这一变化不仅表现在数量上，还体现在酒楼的公共性、传播性、影响力和覆盖面等方面前所未有的变革上。

吴文英在丰乐楼的题壁行为，将传统文学创作的个体独白转变为一场带有狂欢色彩的公共文学表演。吴文英将文学创作变成了一种行为艺术，一场公众娱乐活动。在这种行为艺术中，他的创作并不仅仅局限于传统的私人写作方式，也不同于仅将题壁用作记录个人文学创作的一种媒介，吴文英的题壁行为本身，就是一件文学事件，一个都市文化事件，一个具有文学娱乐性质的新闻事件，成为临安市民津津乐道的趣闻轶事。南宋及明代的学者不断记录并传播这一事件。吴文英在丰乐楼的题壁不

---

① 罗宗涛．唐宋诗探索拾遗 [M]．天津：天津教育出版社，2012：1-37.
② 刘金柱．中国古代题壁文化研究 [M]．北京：人民出版社，2008：143-146.

仅提升了丰乐楼乃至南宋临安都市的文化声誉，也提高并传播了他作为行为艺术家的文学声誉。

综合来看，吴文英模式的文学事件成了都市文化中的传奇，改变了文学创作的动机和传播方式，将文学从传统的独白转变为表演。这一历程反映了宋代词的文学创作从私人性到公共性甚至表演性的转变。与传统精英文学模式相比，吴文英的词作表演主要是在酒楼这样的大型公共空间、公共网络场所中面对诸多市民阶层受众的公共性表演、作秀，客观上具有某种大众娱乐的特质。这一现象不仅揭示了宋代都市文化和文学的互动关系，还为我们理解当时的社会变革和文化传播提供了重要视角。通过对酒楼空间和题壁文学的深入分析，可以更好地探索宋代都市生活的复杂性和多样性，进一步揭示都市文化与社会变革之间的内在联系。

# 第四章　城市空间
## 与都市文学的表现

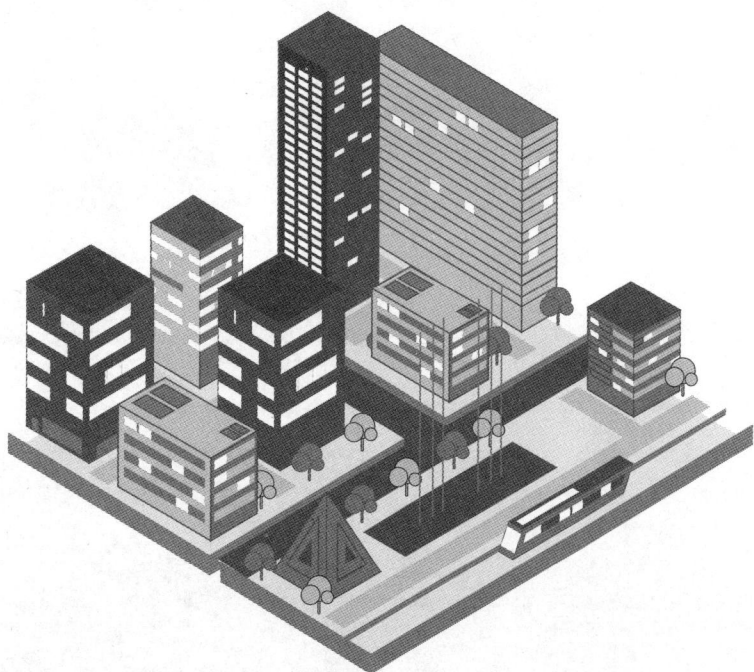

# 第一节　城市空间的象征与隐喻

## 一、城市作为文化和历史的象征

　　城市不仅是建筑结构和居住的地方，更是一个具有深厚文化和历史内涵的空间。其形态、风貌与空间结构均是社会、经济和政治变迁的历史见证。深入探究城市的演变，不难发现它们如何反映了人类文明的进程、社会结构的变迁以及文化的交融和碰撞。在文学作品中，城市常常作为一种重要的象征元素而出现，透过它，我们可以感知作品背后的社会背景、时代脉搏与作者的思考。在东方的文化传统中，城市作为权力、文化和经济中心，也担负着象征的重任。中国古代诗歌中的长安、洛阳不仅仅是地理名词，更是文化繁荣与帝国繁盛的代名词。

## 二、现代城市与传统城市空间的对比隐喻

　　现代城市与传统城市空间的对比恰如历史长河中两个时代的交汇。这种对比往往在文学中被用作隐喻，描述社会、文化和技术进步下的变迁和冲突。在传统城市空间中，我们往往能感受到一个较为固定和有序的结构。城墙、宫殿、市场、教堂、寺庙都是传统城市的标志性建筑，它们不仅仅是实用性的结构，更多的是文化和历史的载体。这些建筑和空间通常有固定的功能和意义，如宫殿代表权力中心，市场则是经济和社交的场所。传统城市的设计通常围绕这些核心建筑进行，从而形成了一种有中心、有序、层次分明的空间结构。而现代城市则呈现出一种截然不同的风貌，摩天大楼、交通网络、商业中心和居民区交织在一起，

形成了一种复杂多变的空间结构。与此同时，现代城市中的建筑和空间往往并不仅仅是实用性的，它们更多的是资本、技术和现代生活方式的象征。这种空间的变革既是技术和经济发展的结果，也是社会文化变革的体现。

在文学作品中，这种现代与传统城市空间的对比经常被用作隐喻，描述现代生活中的种种冲突和矛盾。例如，传统城市中的庭院和现代城市中的公寓楼可以被视为私密与公共、传统与现代、自然与人工之间的对比；又如，传统市场和现代购物中心可以被用来隐喻传统与现代经济、人与人之间关系的变化。

这种对比不仅仅是对空间结构的描述，从更深层次来说，它是对两种不同生活方式、价值观和文化传统的对比。通过这种对比，文学作品可以深入探讨现代生活中的种种问题，如都市化进程中的异化、现代技术对人类生活的影响、现代社会中人与人之间的疏离等。

## 三、建筑物和地标在城市文学中的象征意义

城市文学中的建筑物和地标不仅仅是背景或场景，它们经常被赋予深刻的象征意义，成为叙述中的核心元素，反映出时代的特质、文化冲突、社会变革以及对人类心灵的探索。

建筑物和地标可以被看作城市历史和文化的见证者。在中国，都市文学中的建筑物和地标尤为丰富，它们不仅反映了中国城市的飞速发展，更是中华文明数千年历史的重要象征。以北京为例，故宫作为明清两代的皇家宫殿，它不仅是北京的中心，更是中国历史和文化的缩影。在都市小说中，故宫往往被用作对封建时代、皇权文化的回忆和反思，也是许多作家探讨现代与传统、变与不变之间关系的核心场景。再如上海的外滩，它既是上海近代历史的重要象征，也代表了中国近代历史中与西方文化的交流与碰撞。上海文学，如张爱玲的作品，经常以外滩为背景，描述 20 世纪初都市人们的生活，反映了当时的社会矛盾、文化冲突以及

人们对未来的渴望与迷茫。另外，深圳作为改革开放后的新兴城市，其独特的城市景观和地标，如京基100大厦，也成为都市文学的常用背景。这些建筑不仅象征着中国改革开放后的经济飞速发展，更隐喻了人们在这个时代下对于身份、归属感、梦想与现实的不断探索和挣扎。此外，建筑物也常常与人物命运紧密相连，成为人物情感和内心世界的投射。例如，孤独的老房子或废弃的工厂可能隐喻着主人公的孤独、失落或过去的回忆，而繁华的商业中心或高耸的摩天大楼则可能象征着都市生活的繁忙、竞争或现代人的冷漠。

在许多都市小说中，建筑物和地标不仅是物理空间，更是社会的缩影。例如，一幢公寓楼可以代表一个小型社会，每个单元里的居民代表着都市中不同的社会阶层和生活方式。这样的空间设置使得作者能够深入探讨都市中的社会问题，如阶级冲突、文化差异和人际关系的复杂性。

值得注意的是，随着时间的推移，同一个建筑或地标可能会有不同的象征意义。例如，在某一时期，一个火车站可能象征着希望和新的开始，而在另一个时期，它可能代表着离别和流离失所。这种变化不仅反映了社会和文化的变迁，也表明了城市文学如何捕捉并反映出时代的精神。

# 第二节　都市文学中的"场所"创作

## 一、"场所"的定义与都市文学的关系

在文学与文化研究领域，对"场所"的理解并非单一的。通常"场所"被视为某一空间内所发生的社会互动和文化实践的载体，也是记忆、情感和身份认同的核心。这样的定义将空间和时间紧密地结合在一起，使得"场所"成了一个动态的、富有生命力的存在，而非一个固定不变的物理空间。

　　都市文学聚焦城市生活的各种维度。在这种文学形式中，"场所"不仅是背景或舞台，更是故事的核心元素，与作品中的主题、人物和情节紧密相连。都市文学中的"场所"常常被赋予多重意义，它既是现实的再现，也是对都市生活中种种矛盾和问题的深入探讨。考虑到都市空间的特点，都市文学中的"场所"通常包括公共空间和私密空间。公共空间如街道、广场、公园、商场等，这些都是都市生活中的重要场所，是人们社交和消费的主要空间；而私密空间如家庭、办公室、咖啡馆等，则是人们休息、工作和私密交往的场所。这两种空间在都市文学中往往被用作探讨都市生活的多重维度，如公共与私密、自我与他者、集体与个体之间的关系。此外，"场所"在都市文学中也常常被视为记忆的载体。城市是历史和文化的见证者，每一个"场所"都蕴藏着丰富的故事和回忆。在都市小说中，通过对某一"场所"的描写，作家可以探讨历史的变迁、文化的冲突和都市生活的变化。这种对"场所"的再现和反思既是对历史的回忆，也是对现实的批判。

　　"场所"在都市文学中的象征意义也不可忽视。例如，都市中的某一地标或建筑可能被用来隐喻都市生活的繁华或落寞，或者象征某一文化或历史时期的特质。这种象征意义的运用既丰富了文学作品的深度，也使得读者能够更深入地理解和感受都市生活的复杂性和多面性。

## 二、公共与私密：城市空间中的双重创作

　　在都市文学的创作过程中，城市空间呈现出明显的二元性特点：公共与私密。这一对照不仅为作家提供了丰富的素材，更是都市生活中不可忽视的现实维度，它们相互作用，构建出复杂而细致的都市文化与生活画面。

　　公共空间通常指的是人们日常生活中频繁交往的开放场所，如广场、街道、公园、地铁等。这些空间具有开放性和共享性，是人们集体生活的主要场景，也是都市中各种社会互动和文化碰撞最为活跃的地方。都

市文学中对公共空间的描述往往与都市的繁华、现代性、多元性以及都市生活中的矛盾和冲突紧密相连。例如，在描述都市夜生活时，霓虹闪烁的街道和繁忙的夜店成为都市繁华与孤独的象征，也反映了文中人物在追求物质生活的同时，对精神家园的深深渴望。

私密空间，如家庭、私人工作室、书房等，与公共空间相对，它更多地关注个体生活和内心世界。这些空间是人们休息、思考、创作和与家人、朋友深度交往的场所，也是都市人在忙碌生活中寻找安宁和自我反思的重要空间。都市文学中对私密空间的描写通常与情感、记忆、家庭和身份认同等主题紧密相关。如家庭中的餐桌既可能是家人团聚的温馨场所，也可能是家庭矛盾爆发的现场，这种对私密空间的细致描写，既展现了都市家庭生活的真实与多样，也反映了都市人在追求个性化和自我实现的过程中所面临的种种挑战和困惑。

值得注意的是，公共与私密在都市文学中往往并不是孤立的，它们在都市生活中相互作用、相互渗透。例如，都市中的咖啡馆既是公共空间，人们在此交往、交流，也是私密空间，人们可以独自品味咖啡，沉浸在自己的思考或创作中。这种公共与私密的双重性使得都市文学能够更加深入地探讨都市生活的复杂性和多面性，同时为作家提供了无尽的创作灵感。

### 三、住宅空间与家庭生活在都市文学中的描写

在都市文学的篇章中，住宅空间不仅是一个物理存在，更成为一个重要象征，承载着家庭生活的日常与温情、都市人的理想与挣扎。这一特定空间与家庭生活的各种细节、情感和矛盾紧密结合，为文学创作提供了深入探讨都市生活的重要视角。

都市住房，从狭小的出租房到奢华的公寓、从老旧的四合院到现代化的楼盘都反映出都市生活的多样性与变迁。在文学作品中，这些住宅空间往往被用作探讨都市化进程中的社会变革、个体命运以及家庭关系

的载体。例如，狭窄的出租房可能象征着都市生活中的压迫与无奈，而现代化的高层公寓则可能成为都市人追求物质生活和现代生活的象征。

家庭生活是都市文学中的常见主题，而住宅空间为家庭生活提供了物理与情感上的场景。在这一特定空间中，家庭成员之间的关系、情感与矛盾得以展现和深化。例如，卧室既可能是夫妻关系的密切空间，又可能是各自独处的隐秘角落。这种对住宅空间的细致描写使得家庭生活的日常与细微得以真实呈现，也为读者提供了对都市家庭生活的深入认知。

值得注意的是，都市住宅与家庭生活在文学中的描写也与都市化背景下的种种问题和挑战紧密相关。通过这些具体描述，都市文学不仅展现了都市生活的真实面貌，更提出了对都市化进程中种种问题和挑战的深入思考。

## 第三节　城市化与都市文学的空间想象

### 一、都市化背景下的移民与都市空间

都市化作为一种全球范围的趋势，影响了世界各地的城市发展与变革。伴随着都市化的进程，人口流动与迁移成了不可避免的现象，为都市空间带来了诸多新的特点与问题。移民作为这一进程中的主要参与者，他们的生活方式、文化背景以及与都市空间的互动成了都市化研究的重要维度。

随着都市化的加速，越来越多的人从农村或小城市迁往大都市，寻找更好的生活与工作机会。这种大规模的人口流动使得都市空间的组成日益复杂化、多元化。移民，尤其来自不同文化和背景的移民，为都市空间带来了新的色彩和特点。他们的生活方式、饮食习惯、宗教信仰以及文化传统都在都市空间中得以体现和融合。街道上的异国食品店、不

同风格的宗教场所，以及各种文化节庆活动都反映了都市空间中的文化多样性与包容性。但是，都市中的住宅区可能不适应移民的生活习惯和文化需求，而公共设施和服务可能没有为移民提供足够的支持。这些问题不仅影响了移民的生活质量，也为都市空间的和谐与稳定带来了挑战。另外，移民也为都市空间的发展和创新带来了机会。他们的创业精神、独特技能和知识，以及与国际市场的联系都为都市的经济和文化发展带来了新的动力。此外，移民与都市空间的互动也为都市规划和设计提供了新的思路和方向。例如，考虑到移民的需求和特点，都市规划可以更加注重文化多样性、包容性以及公共服务的普及和优化。

### 二、自然与人工：都市文学中的生态想象

都市文学中，都市生态与环境经常成为作家们关注和探讨的焦点。在现代都市的背景下，自然与人工的关系尤为微妙，它们之间的张力和碰撞不仅是物理空间的变革，更是人类文化、心理和哲学的反思。在这种环境中，都市文学成了反映和批判都市生态关系的重要载体，为我们提供了一种深入理解都市生态的新视角。

在传统的都市文学中，自然常常被描述为都市生活的避难所，是人们从忙碌和压抑的都市生活中寻找慰藉和灵感的地方。然而，随着都市化进程的加快，自然在都市中的存在变得越来越稀缺。公园、绿地和河流，这些都市中的自然景观常常成为都市文学中对自然的怀念和追求。这些景观不仅是都市中的生态绿洲，更是都市人对与自然和谐关系的向往和追求。然而，在都市化和技术进步的推动下，人工元素在都市空间中的存在越来越显著。摩天大楼、立交桥、隧道和地铁这些都市中的人工建筑和设施不仅改变了都市的景观，更改变了都市人的生活方式和价值观念。在这种背景下，都市文学中的生态想象也发生了深刻变革。自然不再只是都市中的避难所，而是与人工元素紧密结合的复杂生态系统。这种系统既包括都市中的自然景观和生态环境，也包括都市人的生活方

式、文化和心理。在这种复杂的生态系统中，都市文学试图探讨自然与人工之间的关系。这种关系既包括都市中的生态冲突和矛盾，也包括都市人对自然和人工的态度和价值观念。例如，都市中的空气污染、水污染和噪声污染都是都市生态中的重要问题，而都市人对这些问题的态度既反映了他们对自然的关心和尊重，也反映了他们对人工元素的依赖和追求。

# 第五章 都市文学中的都市刻画——北京

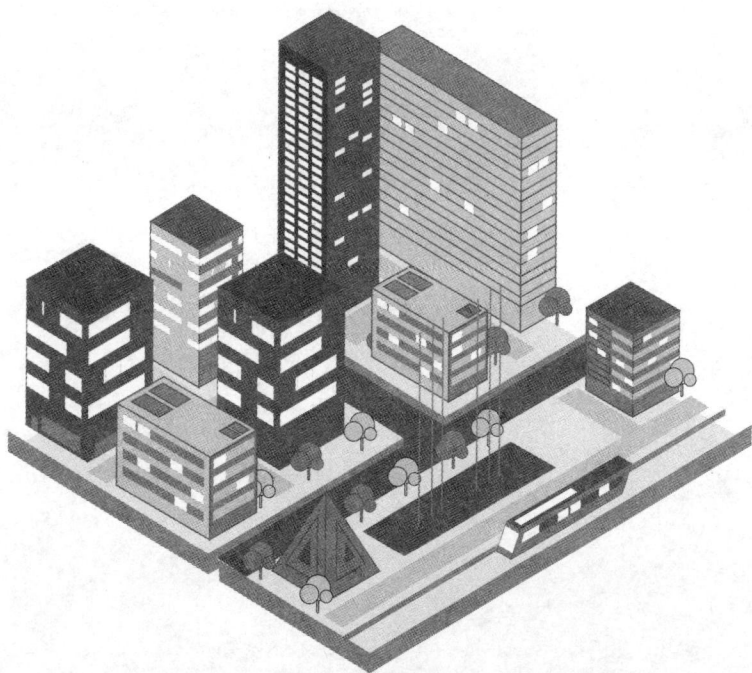

# 第一节　北京的都市景观与人文气息

## 一、北京的历史与都市形态演变

北京作为中华人民共和国的首都，拥有数千年历史。其都市形态的演变无疑是一部与国家命运紧密相连的史诗，反映了政治、文化和经济的连续与中断。自公元前 1045 年，即西周时期，北京被称为燕都起，这座城市便开始了充满变革的历史旅程。古都的雏形可以追溯到元大都时期，当时，由于地理位置的优越性，元朝选择这里作为帝国的都城。这一地理决策不仅确立了北京在政治和军事上的核心地位，而且对其后续的文化和经济发展产生了深远影响。明清两代，北京进一步巩固其作为帝国中心的地位。城市的基础设施和规划经历了大规模重建和扩张，形成了如今的皇城根基。此时，城市不仅是政治权力的象征，更是文化和学术的焦点，吸引了无数文人墨客前来。近代历史中，北京经历了风起云涌的变革，从封建帝制的覆灭到中华人民共和国的诞生，这些政治上的巨大变革都对城市的形态和功能产生了影响。特别是 20 世纪中后期，随着经济的快速发展和全球化进程加快，北京开始迅速现代化，吸引全球的注意。

## 二、北京的文化遗产及其保护

北京作为古都，自然蕴含着丰富的文化遗产。这些遗产不仅是物质的建筑和遗址，还包括无形的传统、习俗和故事。然而，这样的丰富性带来的是巨大的保护责任，尤其是在一个快速现代化的时代背景下。明清两代为北京留下了大量古建筑，其中最为著名的无疑是故宫。这座宫殿不仅是明清皇帝的居住地，更是中国传统建筑艺术的巅峰之作。除此之外，颐和园、天坛、北海公园等皇家园林都代表了中华园林艺术的卓越成就。但这些建筑和园林不仅仅是砖瓦和树木，它们蕴藏的文化、历史和哲学意义远超其物质价值。当然，北京的文化遗产并不仅限于皇家建筑。城市的胡同和四合院也是北京文化的重要组成部分，它们见证了普通百姓的生活，承载了北京市民的日常和记忆。而那些古老的手艺、传统的仪式和节庆习俗也都是北京非物质文化遗产的一部分。

随着城市化进程不断加快，北京的许多传统文化遗产面临严重威胁。过度的商业开发、不当的规划决策，以及公众对传统文化的忽视都使得许多有价值的文化遗产处于危险的境地之中。例如，许多古老的胡同在过去的几十年里已经被拆除或改建，失去了原有的风貌和文化内涵。幸运的是，近年来，北京市政府和社会各界已经认识到文化遗产保护的重要性，一系列的政策和措施被制定和实施，旨在对重要的文化遗产进行科学、合理的保护。例如，许多重要的历史建筑被列为国家级文物保护单位，严格限制了其改建和开发。同时，非物质文化遗产的保护和传承也得到了越来越多的关注，各种传统手艺、艺术和习俗都得到了重新挖掘和推广。

### 三、北京的文化与艺术中心

北京是中国国家文化、历史和艺术的交汇点，其文化与艺术中心的地位在中国乃至全球范围内都得到了广泛认可。这一地位不仅是基于其历史和传统的积淀，还与其在当代文化艺术领域的持续创新密不可分。当谈及北京的文化与艺术中心，不得不提的便是中国国家大剧院，这一代表性的现代建筑体现了传统与现代的完美融合。国家大剧院不仅是演出的圣地，更是吸引了众多国内外艺术家和爱好者的艺术交流中心。而坐落于王府井的北京人民艺术剧院则代表了中国的现代戏剧发展，多年来，其上演的众多经典剧目已成为中国戏剧史上不可磨灭的篇章。此外，798艺术区以其独特的工业遗址背景和现代艺术的交融，成为北京当代艺术的代表。这里汇聚了众多画廊、艺术家工作室和文化机构，是艺术创作和交流的重要场所，展现了北京文化的开放性和多元性。然而，北京的文化与艺术不仅仅局限于这些大型的艺术机构，散落在城市各个角落的小剧场、画廊和书店也都是北京文化的组成部分。例如，宋庄艺术家村，它聚集了大量艺术家，成了一个自由创作和交流的平台，体现了北京对于独立艺术家的支持和尊重。

同样值得关注的是北京的音乐文化。不论是古老的京剧、豫剧，还是现代的摇滚、电子音乐，都在北京找到了自己的舞台。鼓楼西大街和东城区的许多小酒吧已经成为年轻音乐家展示才华的平台，也是市民们体验音乐文化的好去处。与此同时，北京还是中国电影的中心。中国电影学院培养出了众多电影人才，为中国电影事业的发展做出了重要贡献。每年的北京国际电影节则为国内外的电影人提供了一个交流和展示的平台。

## 四、北京的日常生活与市民风俗

北京这座千年古都在历史长河中孕育出了丰富多彩的市民风俗和日常生活方式。作为国家的政治、文化和经济中心，北京的日常生活与市民风俗不断发展，体现了中华民族传统与现代文明的交融。穿行在北京的大街小巷，独特的市民生活气息扑面而来。早晨，伴随着清脆的鸟鸣和古老的钟声，北京的胡同里慢慢热闹起来，居民们三三两两聚在一起，或是打太极，或是拉家常。老北京的早点文化也在这时得到充分展现，热气腾腾的豆汁儿、焦香的炸酱面、鲜美的羊蝎子成了市民日常生活中不可或缺的一部分。而北京的市井文化也是其日常生活的一大特色。北京的手工艺在市井文化中得到了很好的传承，不论是老北京的布鞋、天坛的风筝，还是传统的剪纸和泥人张，都是北京市民日常生活中的一部分。当然，北京的市民风俗不仅仅局限于胡同和市井，每到节假日，众多传统活动在北京得到了继续和发扬。比如春节期间，家家户户贴对联、放鞭炮；中秋节时，人们则会赏月、吃月饼。这些传统的市民风俗已经成了北京人的日常生活，也成了传承中华民族文化的重要载体。

而在现代文明的影响下，北京的日常生活与市民风俗也发生了许多变化。随着全球化的推进，许多外来的文化元素和生活方式被北京市民所接纳，时尚的咖啡店、各式各样的国际餐厅、现代化的购物中心等都成了北京市民日常生活的一部分。

## 第二节　老舍的"京味儿"文学

老舍是 20 世纪的著名文学家，出生地为北京市西城区的小羊圈胡同（现为小杨家胡同）。老舍的成长背景是一个经济困顿的旗人家庭。老舍与北京的关联被认为是独特的、深入骨髓的。他被视为"京味儿"文学的奠基者，其作品为该文学流派提供了典范。赵园在其著作《北京：城与人》中指出："老舍属于北京，北京也属于老舍。"① 他不仅是一位深具天赋的北京人，更是以独特的视角，使北京城得以反观其状，并深入了解其文化魅力。值得关注的是，老舍的作品并未过多描述京城的高官显贵和当时的青春活力，而是集中关注了那些在社会中地位较低的人群。虽然这些人如已经没落的旗人、老年人、体力劳动者、警察、手艺人、教育工作者、基层职员等在大都会中鲜为人知，但都为生活而奋斗。老舍对北京的热爱是深沉且真挚的，无论是北京的四季变化、气氛、传统小吃，还是各种胡同里的人物，他都有着深厚的情感。对于北京的底层人民，老舍展现了深沉的同情和理解，并公开呼吁改善他们的生活条件。老舍对北京的描述并不像林海音的《城南旧事》和林语堂的《京华烟云》那样充满浪漫诗意；相反，他更多地采用批判的视角，为读者呈现一些

---

① 　赵园. 北京：城与人 [M]. 北京：北京师范大学出版社，2014：16.

社会现象，指出人们的短板。这种兼具热爱与批判的双重性赋予了老舍的"京味儿"作品以深度的文化内涵，使其不仅仅是对北京风情的描绘，更是在历史与现代、中西文化的交汇中，对北京乃至整个中国文化的深入思考与探索。

## 一、北京外在建筑空间书写

都市建筑不仅是空间的构成要素，更是城市文化和历史的具体表现。建筑结构及其演变过程反映了城市文化的发展轨迹，同时，建筑空间的转变和更迭为我们揭示了历史的沧桑和时代的变迁。北京作为古代的皇都，其独特的红墙青瓦的建筑风格不仅代表了城市的物理形态，更是北京与其他都市文化差异的象征。

在封建帝王时代，紫禁城周边的众多建筑和牌楼都有明确的功能定位和文化寓意。但随着中国封建制度的消逝，这些建筑逐步被剥夺了原初的功能定位，转变为传统文化的具象代表。在现代社会中，尽管北京居民居住在皇城附近已不再表示他们与皇权的亲近关系，但这种近距离的生活仍然被视为一种身份的象征。而当牌楼不再是皇权威尊的代表时，其下的日常生活更加充分地体现出了"老北京"的市井文化。

"他一直走到了西四牌楼；……在北平住了这么些年了，就没在清晨到过这里。猪肉，羊肉，牛肉；鸡，活的死的；鱼，死的活的；各样的菜蔬；猪血与葱皮冻在地上……各处的人，老幼男女，都在这腥臭污乱的一块地方挤来挤去。在这里，没有半点任何理想；这是肚子的天国。……楼牌底下，热豆浆，杏仁茶，枣儿切糕，面茶，大麦粥，都冒着热气，都有股特别的味道。

"自迁都后，西单牌楼渐渐成了繁闹的所在，虽然在实力上还远不及东安市场一带。东安市场一带是暗中被洋布尔乔亚气充满，几乎可以够上贵族的风味。西单，在另一方面，是国产布尔乔亚，有些地方——像烙饼摊子与大碗芝麻酱面等——还是普罗的。因此，在普通人们看，它更足以使人舒服，因为多着些本地风光。"①

通过对老舍文学作品的深入研究，我们可以明确捕捉到他对北京牌楼的熟稔和深厚情感，其描述之细致入微呈现出一个鲜活的历史背景。老舍笔下的西单牌楼下的小市场充分展现了本土的市井文化，其中的人们为了生活的琐碎事务而奔波劳碌。与此相对，东安市场则更多地反映了西方文明对北京的影响。然而，尽管受到外来文化的冲击，但北京依然坚守其古老的城市特质。

北京的城墙历经几个世纪的风霜雨雪，已经成为城市独特的象征。"古老雄厚的城墙，杂生着笨短枝粗的小树；有的挂着半红的虎眼枣，迎风摆动，引的野鸟飞上飞下的啄食。城墙下宽宽的土路，印着半尺多深的车迹。靠墙根的地方，依旧开着黄金野菊，更显出幽寂而深厚。"② 这段描述揭示了老舍对城墙深沉的情感。如果没有这样的城墙，北京将失去其"京城"的称号。这一建筑物不仅是国民的自豪，其坚固和规整的构造在全球建筑历史中也堪称奇观，从而使其成为中国地理文化的重要标志。

在《骆驼祥子》这一文学经典中，老舍对北京的西单牌楼及其周边的街区进行了详尽的描述，为读者描绘了当时都市环境下底层劳动者的生存状态。文中描述了祥子于冬季雪地中拉车的情景："坦平的柏油马路上铺着一层薄雪，被街灯照得有点闪眼。……可是他不能跑快，地上的雪虽不厚，但是拿脚，一会儿鞋底上就粘成一厚层；踩下去，一会儿又粘上了。雪粒打在身上也不容易化，他的衣肩上已经积了薄薄的一层，虽然不算什么，可是湿漉漉的使他觉得别扭。"③ 此段中，西城的街道、南长街口以及长安街均成为黄包车夫如祥子这样的底层劳动者每日的劳作空间。无论是炎炎夏日中的烈日还是寒冬中的风雪，他们都必须在这

① 老舍．我这一辈子 [M]．南京：江苏凤凰文艺出版社，2019：20，107.
② 老舍．老张的哲学 赵子曰 [M]．北京：人民文学出版社，1996：72.
③ 老舍．骆驼祥子 [M]．北京：中国言实出版社，2017：314.

些街道上奔波，因为这是他们生存和维持家庭的主要途径。老舍通过对这些街道环境的细致描绘，暗示了对底层劳动者的深沉共鸣和关切。

老舍的初期文学作品如《老张的哲学》《二马》《赵子曰》均为其在英国伦敦任教时期构思并完成。这一时段，老舍的心境深受对北京之怀恋的影响，由此在上述小说中，对北京都市的整体空间布局给予了系统而深入的刻画。例如，城墙、街道、西四牌楼、净业湖（积水潭）、白云观、大钟寺等都市文化的标志性地理与建筑，不仅承载了都市历史文化的沧桑与变迁，也成了老舍情感中对于北京深沉的寄托。这些建筑和空间在老舍的小说中不仅仅是表达北京都市外部形态的元素，更是他展现都市居民生活状态与心境的入口。我们从中可以看出老舍如何通过都市空间的具体化描述，深入探索北京都市居民的独特生活方式，同时关注到了都市环境对其居民心理与生活的深远影响。

## 二、胡同与大杂院的生活书写

在老舍的文学作品中，北京的市民生活被赋予了一种日常审美的行为艺术特质。胡同与四合院所构建的传统北京都市景观内，如遛弯、养花、遛鸟、演绎京戏、表演相声、练习书法、收藏字画与古董、饮食与上饭馆等活动，均被展现为北京市民日常生活中的审美行为和文化习惯。这些细致入微的描述不仅仅展示了北京市民对生活的独特审美和追求，还揭示了他们对于生活的深厚情感和生活态度的闲适。

老舍的生活经历与文化创作与北京都市的文化脉络紧密相连。"据统计，老舍在北京解放前后（中华人民共和国成立前后）住过的地方至少有十处，其中包括他的出生地小羊圈胡同（现为小杨家胡同），以及北京师范学校（今育劝胡同）、第十七小学（今方家胡同小学）、翊教寺公寓、西山卧佛寺、西直门儿童图书馆、缸瓦市基督教堂、教育会（今北长街小学）、烟筒胡同等九处都是他在新中国成立前居住过的地方。"① 这些

---

① 　张鸿声 . 北京文学地图 [M]. 北京：中国地图出版社，2011：14.

胡同不仅是老舍生活的实际场景，也深深地渗透于他的文学创作之中。他笔下所塑造的人物大多与这些胡同紧密相连，是生活在这些胡同中的普通人。

在老舍的《离婚》中，张大哥为老李选择的住所位于砖塔胡同，这一选择不仅仅基于地理位置的便捷性，也考虑到了胡同内的环境质量。"房子是在砖塔胡同，离电车站近，离市场近，而胡同里又比兵马司和丰盛胡同清净一些，比大院胡同整齐一些，最宜于住家——指着科员们说。……屋里有点酸面味。玻璃上抹着各样的黑道，纸棚上好几个窟窿，有一两处垂着纸片，似乎与地上的烂纸遥相呼应。"[①] 这段描述揭示了北京市民在选择居住环境时的细致考量，他们追求的不仅仅是生活的便利，更在乎生活空间的精致与文明。

而在《老张的哲学》中，王德的闲逛行为带领读者走进了另一种胡同风貌。"那条胡同是狭而长的。两旁都是用碎砖砌的墙。南墙少见日光，薄薄的长着一层绿苔，高处有隐隐的几条蜗牛爬过的银轨。往里走略觉宽敞一些，可是两旁的墙更破碎一些。在路北有被雨水冲倒的一堵短墙，由外面可以看见院内的一切。"[②] 这一描述揭示了胡同内的日常景象，以及胡同与北京市民日常生活的交融。《哀启》则呈现了胡同在社会变迁中的象征意义。在这一短篇小说中，胡同不仅是事件的现场，也是反映社会阶层与历史冲突的载体。黄包车夫在"板子胡同"中所经历的侮辱与反击，使得胡同成了下层民众在社会变革中心理觉醒的象征性空间。

北京的大杂院与传统的四合院有所区别，后者通常是一个家族或单一家庭的居住空间。在胡同的布局中，大杂院占有特定位置，其内部容纳了具有多样职业、身份、经济状况和民族背景的居民，这一结构反映了老北京底层社会中经济较为困窘者的主要居住模式。在老舍的文学创

---

① 老舍.我这一辈子 老舍小说精选集[M].南京：江苏凤凰文艺出版社，2019：23.
② 老舍.老张的哲学 赵子曰[M].北京：人民文学出版社，1996：53.

作中，大杂院作为一个重要的空间形态，经常被用作反映人们日常生活的舞台。

"在这个大杂院里，春并不先到枝头上，这里没有一颗花木。在这里，春风先把院中那块冰吹得起了些小麻子坑儿，从秽土中吹出一些腥臊的气味，把鸡毛蒜皮与碎纸吹到墙角，打着小小的旋风。杂院里的人们，四时都有苦恼。那老人们现在才敢出来晒晒暖；年轻的姑娘甚惭愧地把孩子们赶到院中去玩玩；那些小孩子们才敢扯着张破纸当风筝，随意地在院中跑，而不至于把小黑手儿冻得裂开几道口子。"①

"天台公寓住着有三十上下位客人，虽然只有二十间客房。……这二十间客房既不在一个院子里，也不是分作三个院子。折中的说，是截作两个院子；往新颖一点说，是分为内外两部。……内外两部的机构大大的不相同：外部是整整齐齐的三合房，北、南、西房各五间；内部是两间北房，三间西房，（以上共二十间客房）和三间半南房是：堆房、柜房、厨房和厕所。"②

《骆驼祥子》中祥子与虎妞所居住的大杂院象征着城市中底层、多受折磨的人群所承受的经济和社会压迫，他们在此空间中遭遇的生活贫瘠与困厄是对社会不平等的有力注解。《赵子曰》中的天台公寓作为一种略显优越的居住模式，主要吸引了城市中的学生、文人及政客等中产阶级人士。这种居住的选择不仅反映了物质条件的差异，还显露了人们在社会地位、职业和经济实力上的认知和归属感。

### 三、文化冲突的现代空间书写

20世纪三四十年代，北京这座古老的都市在高墙的庇护下，面临着特殊的历史挑战。西方的殖民入侵与东方人的海外探索使这座城市成了传统文化与现代外来文化冲突与融合的交汇点。处于这种复杂环境中的

---

① 　老舍. 骆驼祥子 [M]. 南京：江苏文艺出版社，2018：349.

② 　老舍. 老张的哲学 赵子曰 [M]. 北京：人民文学出版社，1996：204.

都市居民，他们的情感多姿多彩，内心充满骄傲。在社会剧变的冲击下，他们的都市情感难免混杂着复杂的爱与恨。老舍作为一个敏感的作家，准确地捕捉并展现了这些冲突与矛盾，特别是在传统与现代、东方与西方的碰撞中。

关于火车意象，在老舍的作品中得到了体现，例如："赵子曰坐在二等车上，身旁放着一只半大的洋式皮箱，箱中很费周折地放着一双青缎鞋。……他看了看车中的旅客：有的张着大嘴打着旅行式的哈欠；有的拿着张欣生一类的车站上的文学书，而眼睛呆呆的射在对面女客人的腿上；有的口衔着大吕宋烟，每隔三分钟掏出金表看一看；……俗气！讨厌！他把眼光从远处往回收，看到自己身旁的洋式皮箱，他觉得只是他自己有坐二等车的资格与身份。"[①] 这段描述揭示了北京小市民的自尊和独特的骄傲。相对于左翼文学描绘的车厢内的压迫与混乱，以及新感觉派强调火车为陌生人交往的社交空间，老舍的描述更偏向以幽默的笔触探讨都市中小市民的精神世界。

老舍的《有声电影》描述了四姨、二姥姥、三舅妈和二姐一家第一次进入电影院的情景："怕黑，黑的地方有红眼鬼，无论如何也不能进去。以为天已经黑了，想起来睡觉的舒服。……观众们全忘了看电影，一齐恶声的'吃——'。"[②] 在这一场景中，观众对新兴文化娱乐形式的陌生和误解明显，他们的关注点主要集中在日常生活的琐碎事物上，如购买糖果、打盹儿、互相交谈和咳嗽。与新感觉派文学描述的电影院中的现代都市风貌和摩登戏剧场相对比，老舍的叙述展现了小市民在面对新文化现象时的幽默与滑稽态度，这无疑为现代都市生活带来了一种另类的解读视角。

在《断魂枪》中，沙子龙的镖局经历了功能性的转变，成了一个客

---

① 老舍. 老张的哲学 赵子曰 [M]. 北京：人民文学出版社，1996：272.

② 老舍. 我这一辈子 老舍小说精选集 [M]. 南京：江苏凤凰文艺出版社，2019：202.

栈。作品的初始句子便揭示了历史的巨变和对于传统空间的再利用："东方的大梦没法子不醒了。炮声压下去马来与印度野林中的虎啸。半醒的人们，揉着眼，祷告这祖先与神灵；不大会儿，失去了国土、自由与主权。门外立着不同面色的人，枪口还热着。他们的长矛毒弩，花蛇斑彩的厚盾，都有什么用呢；连祖先与祖先所信的神明全不灵了啊！龙旗的中国也不再神秘，有了火车呀，穿坟过墓破坏着风水。"[①] 这一段描述展示了东方古国在西方殖民势力的冲击下，如何从封闭的帝制社会转变为现代化的文明社会。面对这种广泛的社会变迁，居住在首都北京的市民也经历了生活方式和职业的巨大变革。沙子龙这位曾经身怀绝技的人物，如今找不到施展技能的空间，被迫将自己的镖局转型为客栈，以维持生活。

## 第三节　叶广芩的北京怀旧小说

叶广芩出身于高贵而显赫的皇族家庭，与那些所谓的八旗后裔相比，她的家族距离权力中心更近。1948 年生于北京的叶广芩属于叶赫那拉氏家族，这是清朝时期一支庞大而高贵的家族，以皇后的出身而闻名。清朝十二位皇帝中有五位皇后出自这一家族，这一事实凸显了家族的显赫地位和百年荣光。然而，叶广芩出生时，家境已经衰微，一家人依靠父亲教书的微薄收入艰难度日。父亲的早逝让年幼的叶广芩不得不提前承担起家庭的重担，她甚至要去典当家里的文物以维持生计。从护士到记者，再到赴日留学生，叶广芩经历了许多角色的转变，回国后，她一边继续文学创作，一边担任文联公职，在 20 世纪 90 年代的中国文坛上大放异彩。

叶广芩的皇族出身不仅塑造了她个人的性格和气质，更成了她京味家族小说创作的重要灵感来源。她从时代的前沿回望家族的百年兴衰，

---

[①] 老舍. 断魂枪 [M]. 北京：中国工人出版社，2010：64.

不是出于对过往荣光的留恋，而是通过描写一系列被时代洪流裹挟的八旗子弟的生命历程，挖掘出了独特的历史文化视角。叶广芩通过自己的作品，不仅反映了一个家族的命运，更揭示了一个时代的文化精神和历史变迁，为人们提供了一种深刻而丰富的历史感悟。

叶广芩特殊的家庭背景赋予了她丰富的人文资源，包括古书、名画、精美的古瓷和艺术品等。她对于戏曲、字画、建筑、古玩等方面的历史典故、历史来源和历史价值的深入探究，展示了她与众不同的文化视野和家族的学术渊源。这一独特的背景不仅为她的文学创作提供了源源不断的灵感，而且使她的作品具有深厚的文化根基和历史底蕴。这些底蕴在《不知何事萦怀抱》《全家福》《祖坟》《谁翻乐府凄凉曲》等家族小说中均有体现。

2011 年 3 月，新商报记者对话叶广芩时，她曾坦言："我有个哥哥在故宫博物院工作，我父亲和一个姐姐是搞陶瓷美术的，建筑是我后学的，我在故宫博物院古建队'扎'过一段时间，从老工人身上学了很多东西。我小时候经常卖家里的东西维持生活，从中学到不少古玩方面的知识……文化需要很长时间的积淀，不能一知半解就去张扬、卖弄，我有意识地在作品中融进了古玩、建筑、风水方面的知识，感兴趣的读者会进一步研究，不感兴趣跳过去影响也不大。小说应该做到雅俗共赏，让不同的读者看到不同的东西。"[①]

## 一、叶广芩小说中的北京饮食文化

从富丽堂皇的宫廷白肉到寻常百姓家的春饼和豆汁饭，食物在叶广芩的作品中不仅是日常生活的一部分，更是情感的寄托、历史的见证、社会的缩影。作者通过对食物的细腻描绘，不仅展现了老北京的风俗风情，更让人们感受到了食物背后所蕴藏的人情味、家庭温暖和社会变迁。

---

① 何英.缄默无语中见醇厚——评叶广芩的小说《豆汁记》[J],当代小说(下半月),2010（4）：42-43.

这种对食物的情感化描写既是作者自身对往昔岁月的怀念，也是对一个时代、一个社会、一个民族文化的深情挚爱。

宫廷白肉是一种与皇家仪式紧密相连的菜肴。据古籍《曲罢一声长叹》记载，冬至这一天，皇家宫廷将举行一项特别的祭祀仪式。在此过程中，皇帝位于坤宁宫中央，太监会将活猪抬入，并灌入白酒使猪摇头晃脑，象征祖宗神灵已经"领牲"。随后，活猪被放入锅中煮熟，制成所谓的"白肉"。此菜肴被视为纪念先祖艰苦征战生活的象征，并在亲族权贵之间分发。

永星斋的点心作为当时社会上流阶层的一种奢侈品，在叶广芩的作品《状元媒》中有详细的描写：

永星斋是朝外大街坐北朝南的大点心铺，前店后厂，雇着伙计几十号人，还有几家分店，生意红火。满族人管点心叫"饽饽"，饽饽铺又叫"达子饽饽铺"，萨其马、百果花糕、芙蓉奶糕、细品小饽饽、酥皮点心，都属于达子饽饽范畴。宫廷上供用的饽饽桌子是金龙绣套，桌子上每节码两百块糕点，往上摞十三层，有两米多高，还得用水果、绢花做顶子。

这段描写语篇不多，却生动无比。读者眼中仿佛看到了永星斋各色糕点的形与色，闻到了奶油酥皮水果糖的甜香，抑或听到了那垂着大辫子的伙计周到殷勤的问候声。

《风也潇潇》一文中对春饼的描写是这样的：

母亲别的饭做不了，唯有烙春饼那是无人能比的。烫面加香油烙成双合，配以甜面酱和葱丝儿，卷酱肘子、小肚儿、摊黄菜、炒黄花粉、炒菠菜、炝豆芽等等。只那豆芽讲究便很多，必须用桶菜第二层的'二菜'，或盆泡的豆芽，其余掐头去尾的老豆芽是绝不能上桌的。

可以想见，这样一份内涵丰富的春饼应该是备受人垂涎的。

《豆汁记》是叶广芩对于"吃"这一主题展现得极为精彩的一部中篇小说。其中所描绘的食物，无论是熬得黏稠的小米粥、切得周正讲究的萝卜丁，还是口感清爽的腌白菜、煎得恰到好处的鸡子儿，都在文字中形成了美食的视觉盛宴。小说的主人公莫姜在宫中服侍过太妃的饮食起居，由于长时间受到贵族生活的熏陶，再加上后来与寿膳房的厨子联姻，学得了一手精湛的厨艺。因此，她制作的小吃自然别具一格，尤为精致。例如，她所做的"鸽包肉"便显得格外玲珑剔透："选上好的白菜心，要小要圆，只能包一把饭。再把小鸽子肉剔出来，切成丁和香菇炸酱，拌老粳米饭，点上香油，撒上蒜末，用拍过的白菜叶子包了，捧在手里吃。吃的时候包不离嘴，嘴不离包。"① 更为细致的描写体现在吃包时的搭配，例如"冬天是羊肉粥，初春是江米白粥"② 。这些精细烦琐的制作过程和不同样式的粥相结合，不仅展示了食物本身的美味，还深刻地反映了贵族对精致食物的追求和喜爱。莫姜做醋焖肉与樱桃肉的做法：醋必须是江南香醋，樱桃要与肉放在一起煨一天一夜。无论是食材的品质还是做工的要求，都早已超出食物用来果腹的范畴，而是真正的贵族品质。

在《状元媒·凤还巢》中，详细描述了"我"为庆祝 66 岁生日准备传统老北京打卤面的场景：

头天先把五花肉煮好切片，将金针、木耳、海米、蘑菇用温水发好。蘑菇要用张家口外的口蘑，小而香，泡蘑菇的汤不能倒，连同海米汤要一并放进卤汤去煮。最有特色的是鹿角菜，这是打卤面的精彩，鹿角菜筋道，有嚼头，那些枝枝丫丫沾满了卤汁，吃在嘴里，很能哑摸出滋味儿。③

① 叶广芩 . 豆汁记 [M]. 北京：中国盲文出版社，2009：285.
② 叶广芩 . 豆汁记 [M]. 北京：中国盲文出版社，2009：234.
③ 叶广芩 . 叶广芩文集 状元媒 [M]. 北京：北京十月文艺出版社，2022：616.

　　其中，食材的精心挑选和烹饪过程的精湛技艺不仅彰显了叶广芩对本地风俗的尊重和传承，而且在更广泛的文化和情感层面上呼应了她对"家"和"人"的复杂情感。这一深刻的情感基调丰富了读者的阅读视角，并成功引发了人们的共鸣。

## 二、叶广芩小说中的北京戏曲元素

　　叶广芩在小说的命题上广泛运用京剧的经典剧目，如《豆汁记》《盗御马》《状元媒》等，并附以同名戏剧的选段以揭示小说主旨或人物命运。这种结合方式展现了叶广芩对京剧艺术的独到理解和深刻领悟。京剧戏文在叶广芩作品中的引用也起到了推动情节发展的重要作用，在小说《豆汁记》里，对于父亲"捡"到莫姜时莫姜的形象描写一下让"我"联想到了《豆汁记》中穷秀才莫稽的唱词："大风雪似尖刀单衣穿透，腹内饥身寒冷气短脸抽。"这段唱词形象生动地描述了初次见到莫姜时其可怜落魄的形象，十分传神。此外，叶广芩作品中的人物对戏剧的热爱也反映了京剧在人们日常生活中的普遍地位。在《采桑子》中描述的爱好戏剧的大家族展现了戏剧在家族传统中的重要地位，也突显了戏剧对家庭成员性格塑造和情感联系的深远影响。例如，"我"生活的大家族中每个人都爱唱戏，并且都有自己拿手的角色，"那唱腔忽而如浮云柳絮，迂回飘荡，忽而如冲天白鹤，天高阔远；有时低如絮语，柔肠百转，近于无声，有时又奔喉一放，一泻千里，石破天惊；真真地让下头的观众心旷神怡，如醉如痴，销魂夺魄了"。大格格因戏结识了琴师董戈，在唱戏的世界里仿佛换了一种人生，她一生中最幸福最闪闪发光的日子可能就是伴着董戈的琴声唱《锁麟囊》的时候。随着董戈的突然失踪，大格格的精神支柱也轰然崩塌，之后她沉于迷戏的世界不能自拔，最终带着满腔的遗憾与世长辞。还有一个层面是叶广芩小说中的人物命运与戏中的人物命运息息相关。在小说中，叶广芩巧妙地将人物命运与戏中的人物命运相关联，用戏中的人物命运来揭示小说的发展走向。

### 三、叶广芩小说中的北京建筑元素

建筑类是我国悠久的历史文化长河中最直观的传承方式，透过每个时代的具体建筑可以观照那个时代的文化形态。旗人贵族居住的王府大院，其严格的布局使得整个建筑显得秩序井然，充分反映出了大家族中人与人之间的关系以及地位的差别。此外，建筑格局的宏大与"方正"更是透露出贵族家庭的威严和礼教的严格。

与普通市民用于居住的房屋相比，旗人贵族的居所更多的是为了展示他们高贵的身份。例如，戏楼作为贵族生活的一部分，就在设计和装饰上体现了其尊贵的地位。"我们家的戏楼较之那座潜龙邸的戏楼和宫里的漱芳斋什么的戏楼，规模要小得多，但前台后台、上下场门，一切均按比例搭盖，飞檐立柱、彩画合玺，无一不极尽讲究。特别是头顶那个木雕的藻井，五只飞翔的蝙蝠环绕着一个巨大的顶珠，新奇精致，在京城绝无仅有。据说，整个藻井是由一块块梨花木雕成的，层层向里收缩，为的是拢音，音响效果不亚于北京有名的广和楼室内舞台。"① 这仅仅戏楼一角的描述就已经透露出无与伦比的华丽和精致，更不用提那些朱门高墙、错落有致的房屋，以及墙上装饰精美、技艺超凡的砖石木雕等。

早在战国时期，庄子的"天人合一"思想已经在传统建筑上得到巧妙的应用。该理念在贵族王府的建筑设计中体现为追求人与自然的和谐统一，实现建筑与自然环境的有机结合，并将人的思想感情、文化精神风貌整合其中。以《采桑子》中舅太太居住的王府为例，其大花园内的亭子和池塘构成的景观不仅与四周的自然景物相辅相成，还随着环境的变化而变化，展示了贵族居所的奢华与精致。庭院的深远和四季的流转揭示了旗人贵族在青砖碧瓦中所经历的历史沧桑。然而，改革开放以后，城市的迅速发展和变化对传统建筑造成了严重破坏："护城河的河水变成了带有休闲栏杆的小河；古朴的城墙被改作了热闹非凡的二环马路；立

---

① 叶广芩.采桑子[M].北京：北京十月文艺出版社，2019：46.

交桥、广告牌、霓虹灯……蓦然回首，往日雍容华贵、威严大气的痕迹再也无法寻觅了。"这一变化不仅摧毁了物质文化遗产，还瓦解了与之相连的精神文化传承。叶广芩通过对古建筑情有独钟的廖世基老先生的怀念，借此表达出了对传统建筑所代表的贵族文化没落的惋惜与怅惘。廖先生的"注视"不仅是对物质遗产的怀念，更是对一种时代精神和文化底蕴的沉思和反思，仿佛那些古建筑依然"在晴丽的和风之下，立在朝阳之中"。① 这一描写不仅反映了作者对传统文化的深深眷恋，也提出了对现代化进程中文化遗失问题的深刻反思。

## 四、叶广芩小说中的北京服装饰品元素

服饰不仅是人类生活的必需品，满足了人们对物质生活的基本需求，还成了特定时代文化的展现。通过服饰的款式、面料和颜色，人们的物质和精神财富得以体现，自我的审美追求也得到了满足，更进一步地，服饰也成了人们社会身份与地位的象征。旗人贵族的服饰选择尤为讲究，重视面料的质地和首饰的华丽，从而达到展现其高贵身份的效果。如描述中的旗袍："精致的水绿绳边旗袍柔软的质地，在灯光的映射下泛出幽幽的暗彩，闪烁而流动，溢出无限轻柔，让人想起清云薄雾、碎如残雪的月光来。旗袍是那种四十年代末北平流行的低领连袖圆摆式样，古朴典雅，清丽流畅，与现今时兴的，以服务小姐们身上为多见的上袖大开叉儿旗袍有着天壤之别。"② 在此，旗袍不仅被赋予了深厚的情感内涵，更成为了贵族文化的象征，体现了那一时代的审美取向和社会风尚，揭示了人们在追求物质生活品质的同时，对精神世界的独特诠释。

除了服装，饰品在贵族文化中也占有重要地位，具体表现在材料选择、工艺制作和美学表现等方面。在小说中，详细地描述了如何通过饰品展示贵族身份和文化。例如，慈禧太后赏赐的那枚"金镶珠石云福帽

---

①　叶广芩. 采桑子 [M]. 北京：北京十月文艺出版社，2019：64.
②　叶广芩. 采桑子 [M]. 北京：北京十月文艺出版社，2019：46.

饰"，其"金色蝙蝠的头与尾各嵌了一颗圆而大的东珠，……蝙翅上嵌的蓝于去琅色泽鲜艳，蝙身的毛羽细致精巧，非是宫廷作坊做不出这样巧夺天工的活计"。① 此外，关于东珠的采集方式更是充满了神秘和不易："这种珠子产在东北乌拉宁古塔的诸河中，采珠者于清水急流处采捞，百余蚌不见有一珠，得来十分不易。有珠的蚌要用纸包封，送至总管处，由将军与总管共同挑送，不足一分重，不够光亮圆润的仍然投入河中，以示严禁不敢自私。"② 此过程反映了清朝贵族的审美风尚，强调工艺的精致和细腻，这无疑是贵族对精美生活追求的体现。

从旗袍的精致到首饰的精挑细选，再到制作过程的精雕细琢和款式的精巧别致，都展示了一种典雅和含蓄的美学观念。这些元素不仅是物质文化的体现，更是贵族世家坚守的贵族文化精神的重要组成部分。作者叶广芩通过将这些元素融入小说，揭示了对贵族文化观念的深入理解和认同，从而为我们提供了对那一时代文化和社会背景的独特洞察。

## 第四节　陈建功的京城书写

作为 20 世纪 80 年代重要的京味作家，陈建功以《辘轳把胡同 9 号》系列和《鬈毛》《找乐》等引人注目。20 世纪 90 年代，他的重要作品《放生》《耍叉》《前科》等依然执着于北京老胡同中的人物作为自己的描摹对象，从而展现自己对北京在转型期中所面临现状的一些思考。李建盛曾论述到陈建功在 90 年代的写作，"如果说邓友梅的京味写作更多地显示了京味流风遗韵的话，那么陈建功的京味文学作品则更多地把北京地域文化的内在精神与当代的生活变迁融合在一起，展示着新京味文学的某种延续和发展"。③

① 　叶广芩. 采桑子 [M]. 北京：北京十月文艺出版社，2019：34.
② 　叶广芩. 采桑子 [M]. 北京：北京十月文艺出版社，2019：93.
③ 　李建盛. 从风情叙写到欲望描绘：北京文学都市话语的转变 [J]. 北京社会科学，2000（3）：84-91.

## 一、胡同文化流逝的悲伤与哀叹

20 世纪 80 年代对于胡同与市井文化的批判观念主要集中在其互通性和对某些市井人物的乐天知命的认同，或者可以称之为文化的惰性。但到了 20 世纪 90 年代，陈建功的文作对于胡同文化所流露出的悲悼情感则显得越发浓厚。这在《放生》这篇小说中得到了鲜明的表达。文中主人公偶遇沈晓钟，进而与沈天聪这位老先生相识。沈天聪对于养鸟的爱好，在胡同文化中找到了其存在的价值。但随着城市化步伐的加快，老先生居住的环境经历了巨大转变，从具有传统文化气息的四合院变迁到都市的高层建筑。这种转变不仅仅是空间上的，更多的是对于文化传统和生活方式的冲击。当四合院的建筑风格被替代为如水坝般的高楼大厦时，与其相关的文化与生活习惯也受到了冲击。沈天聪身处这种环境转变中，尤为明显地感受到了这种冲击。高楼的环境对老先生的养鸟习惯构成了直接制约，他的生活模式被迫改变，心理与生理都受到了挑战。例如，他在高楼中难以为鸟寻找到合适的食物，进而使主人公介入协助。但这样的援助仅是权宜之计，老先生的养鸟习惯在都市中难以为继。直到最后，老人选择放生鸟儿，在香山放走鸟儿以后，老人生活中的最后一点情趣也消失了，"他的眼皮又耷拉下来了，眼窝里凸起了两个鼓包。他睁开了眼睛，慢慢往回走。走了一会儿，他又下意识地一边走，一边晃起鸟笼来，忽然想起，那里面已经没有鸟儿了，他不再晃了"。① 老人的无奈之举也给他的晚年画上了一个凄凉的句号。这一行为不仅代表了对鸟的放生，更隐喻了对于一种生活方式和文化传统的告别。

## 二、叙述立场的转变

赵园在分析陈建功 20 世纪 80 年代的文学作品时指出："在写那老人世界时，他的文字仍显得火爆。他是以青年而努力接近这世界的。《找

---

① 陈建功.放生[M].北京：作家出版社，2009：239.

乐》全篇用北京方言且一'说'到底，却并不令人感到其中有中年作家那种与对象世界的认同。"① 在分析 20 世纪 80 年代的京味文学时，我们必须考虑到该时期的文学背景。在很大程度上，80 年代的京味小说与该时期的文学思潮，特别是与"寻根文学"的出现是紧密相连的。描述北京文化不仅是展示一个特定区域的文化差异，更多的是用现代的视角去深挖并重新构建民族的传统文化。从这个角度出发，陈建功在 20 世纪 80 年代和 90 年代之间的作品中对文化的认同感所展现出的差异就不难理解了。这种变化实际上也反映了作家在叙事中立场的转变。

在陈建功的文学作品《辘轳把胡同 9 号》中，对辘轳把胡同 9 号院的社会文化生态进行了深入而细致的描述，以韩德来作为故事的核心线索，通过对老韩头这一角色的塑造，不仅展现了其个性中的幽默与批判色彩，更在一个具体的角色上揭示了那个时代下普通人的心理和生活状态的转变。韩德来这一曾经的"重要人物"，在历史和社会变迁的洪流中显得有些力不从心。通过韩德来这一人物的刻画，陈建功巧妙地提供了对整个社会背景和文化转变的微观观察。

20 世纪 80 年代，陈建功对北京市民文化的呈现中蕴含了对传统生活方式的批判意味。而到了 20 世纪 90 年代，《放生》中的文化回溯与怀旧的调子则更为明显。北京的四合院文化是城市民众对自然的情感展现。

北京人对这花啊，草啊，鸟啊，是真爱。

也不知道从哪朝哪代开始的，爱得狠了，把这花草鸟虫的全关进自家的院儿，拴在了自家的身边。

四合院就是干这用的。天棚鱼缸石榴树，先生肥狗胖丫头，全在这院儿里，不出家门，可闻鸟语花香，可观春夏秋冬，这日子谁比得了？当然这说的是富贵人家。平头百姓，穷。穷也有穷的爱法儿。不信您到

---

① 赵园. 北京：城与人 [M]. 北京：北京师范大学出版社，2014：70.

胡同里到大杂院看去，哪怕小胡同里暴土扬烟，大杂院儿里横七竖八，那犄角旮旯儿里也少不了藏着几盆花，游着几条鱼。①

在文中，陈建功以沈天骢老爷子为代表，深入揭示了随着都市化进程的加快，四合院文化的逐渐消逝以及与其相关的深层次的文化和精神内涵。关于《找乐》，有学者指出："'找乐'找到这儿实际上是想回到那人人相亲相爱的群体生活氛围之中，重建都市里的村庄。"② 而到了《放生》，这种对都市里村庄重建的乐观情怀已经转变为对消失的文化与生活方式的同情与哀悼。在某种程度上，陈建功的作品呈现了20世纪80年代至90年代都市化进程中对传统文化与生活方式的思考，与他在80年代"京味小说"中对胡同文化的塑造都体现了他对文化转型与传统保持的深入反思。

## 三、转型中的文化思考

赵园在论述京味小说家以及老舍对北京文化的解读时指出："老舍创作成熟期的作品，是以对于北京的文化批判为思考起点的。他对北京文化展示，自觉地指向'文化改造'的预定主题，并由此形成他大部分作品的内在统一，而京味小说家们在具体的描写中，出于上述意图，他们注重表现生活中那些较为稳定的文化因素：实现在生活中的文化承续性。对于北京，最稳定的文化形态，正是由胡同、四合院体现的。"③ 在老舍与京味小说家的作品中，胡同与四合院都成了载体，作家通过它们来探索和展现其文化批判与文化传承的论述。

在陈建功的《四合院的悲戚与文学的可能性》中，他对消失中的北

---

① 陈建功. 百年经典·中国青少年成长文学书系：鬈毛·放生 [M]. 昆明：晨光出版社，2015：208

② 晓华，汪政. 老年的城市与青年的城市——陈建功小说谈片 [J]. 读书，1986（11）：67-75.

③ 赵园. 北京：城与人 [M]. 北京：北京师范大学出版社，2014：20-21.

京传统市井文化进行了深入解读："这里所说的'四合院'，当然是一个比喻。它指的是在现代文明的冲击下，无可奈何地走向瓦解和衰亡的传统的生活方式。在北京，最能表现这一悲剧进程的画面，是在林立的高层建筑的缝隙中苟延残喘的四合院。"① 这里的"林立的高层建筑"代表着现代化的力量，而它对四合院所代表的传统的冲击正是陈建功关心的焦点。四合院与胡同共同构筑了传统北京市民的文化空间，其中四合院—胡同的空间关系是北京市井文化的核心。陈建功不仅仅关注四合院这一物质结构，更多的是其背后所蕴含的传统文化与生活方式。

陈建功的作品不仅集中在传统的被边缘化与其逐渐消逝的议题上，而且深入挖掘了在快速变迁的时代背景下，北京市民所经历的"心理空间的驱赶与挤压"。面对这种转型期的挑战，陈建功认为文学有其独特的解决方式："文学的价值就在于它对人类文明进程的这种责任。意识到这种责任，文学自然会意识到、捕捉到自己的机会。……这新与旧更迭的时代，这心灵骚动、寻觅的时代，或许恰恰是文学的机会。"② 那么，在陈建功的观念中，文学如何在此背景下重新定位并进行思考呢？以《放生》为例，陈建功不仅通过十个章节来描写沈天聪老爷子的故事，而且在此之前专门设置了三个章节，旨在对北京老人与美国老人的生活进行对比。这种对比试图通过展现北京老人内心的充实与美国老人的孤独，来突显现代生活给老年人带来的冲击。这种新颖的叙述方式不仅打破了京味小说的传统模式，更是反映了现代生活对传统文化格局的冲击，同时意味着文学形式需要创新来适应新的变革。再以《前科》为例，陈建功描绘了一个作家与一位地方警察及一个无业游民之间的互动。作家了解到贫民生活最真实的图景："站在窗前俯视兴华里，兴华里像一片刚刚被机耕过的黑色的土地。一排一排灰色的屋顶，就像一道一道被卷起的

---

① 　陈建功.鬈毛[M].北京：燕山出版社，1997：序1.
② 　陈建功.鬈毛[M].北京：燕山出版社，1997：序8.

土垄。"① 在这个文化空间中，警察苏五一对其社区的无私贡献，以及秦友亮尽管生活困顿但依然保持的老北京人的个性都被作者呈现了出来。这些新时代的市民形象与陈建功早期作品中的老人形象形成鲜明对比，展现了他对新时代背景下的个体与社会关系的深化思考。

　　陈建功不仅局限于小说领域，其散文作品同样体现了其深入的文化反思。与小说偏向构建的性质相比，散文更具有现实性和真实性。他的作品如《平民北京探访录》便是其中的代表性创作。陈建功在该作品的引言中明确提及："我早就想把近年来混迹于北京平民的采访实录整理出来，和更多爱北京爱北京人的朋友们共享这一份愉悦。"② 他借助对"杠夫""耍骨头"、相声艺人、"瞪眼儿食"、剃头匠、当铺等特定职业与行业的描绘，通过访谈的形式来勾勒文化的原始面貌，进而强调其真实性。尽管这些元素在他的小说中也有所涉及，但在散文中，陈建功更加关注文化探索与文化的内在趣味，放弃了复杂的情节设计，而是更直接地展示了文化的真实面貌。这种方法可以被解读为对文学界寻根运动的一种批判和反转，更多地关注了平民或市井文化的本质与现状。从更广泛的视角来看，陈建功在 20 世纪 90 年代的作品中对北京市民文化的选择和取舍实际上是他对当时快速变化社会背景下的文化反思的具体呈现。

① 　陈建功 . 前科 [M]// 陈建功 . 鬈毛 . 北京：燕山出版社，1997：350.
② 　陈建功 . 平民北京探访录 [M]// 陈建功 . 鬈毛 . 北京：燕山出版社，1997：437.

# 第六章　都市文学中的
# 都市刻画——上海

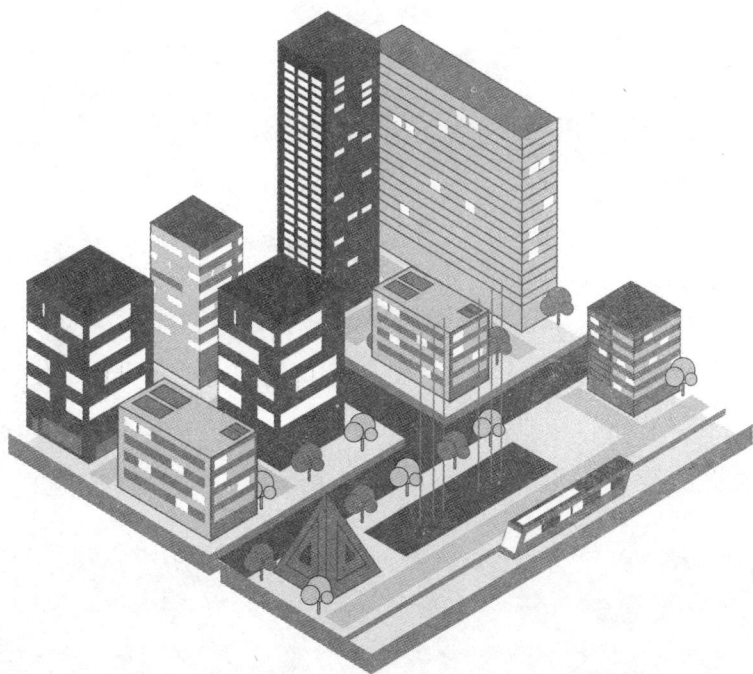

# 第一节  上海的都市景观与人文气息

## 一、上海的都市形态演变

上海始建于宋代，是我国的一个新兴贸易港口。那时的上海地区有十八大浦，其中一条叫上海浦，在今外滩至十六铺的黄浦江中，它的西岸有个上海镇，这便是"上海"这一名称的由来。元代的上海镇已有很大发展，并设立了市舶司。此后，上海镇又升格为上海县。明代的上海已成为全国最大的棉纺业中心，商业经济日趋发达。清康熙二十四年（1685年），清政府在上海设立了海关。清乾隆、嘉庆年间，上海逐渐成为中国的贸易大港和漕粮运输中心，被称为"江海之通津，东南之都会"。如今上海已成为亚洲乃至全球的经济与文化中心。其都市形态的演变遭受了多重历史、文化和经济力量的影响，为此呈现出一种独特的城市风貌。随着20世纪的到来，上海继续扩张，陆家嘴等新区域开始崛起。特别是改革开放后，上海的都市形态经历了一次更为深刻的转型，高楼大厦如雨后春笋般崛起，国际金融中心、东方明珠、环球金融中心等标志性建筑成为上海的新名片。这一时期，上海成功地将传统与现代、东方与西方的元素进行了融合，形成了今天独特的都市风景线。同时，城市绿化与生态设计也开始受到重视，各类公园、绿地、湿地公园等绿色空间被创造和维护，为都市生活注入了一丝清新。黄浦江两岸，曾经的工业地带逐渐转型为休闲、文化和创意产业园区，与高楼大厦形成了鲜明对比，也彰显出上海追求和谐、可持续发展的城市理念。

上海的都市形态不仅是空间与建筑的演变，更重要的是其背后所蕴含的历史记忆与文化内涵。从清代的渔村到如今的国际化大都市，每一个时期的上海都有其独特的都市文化和生活方式。这种文化的深厚积淀与都市形态的演变是相辅相成的：一方面，文化推动了都市形态的发展；另一方面，都市形态反过来塑造和影响了文化。

从渔村到贸易港口，再到现代都市，上海的都市形态演变体现了这座城市在历史长河中的坚韧与适应力。面对未来，上海将继续在文化与都市形态之间寻找平衡与融合，为其居民和访客提供更为丰富、多样的都市体验。

## 二、上海的文化与艺术中心

上海作为中国的经济重镇，不仅是贸易和金融的中心，更是近现代中国文化与艺术的发源地与重要舞台。这座城市与艺术的关联深厚，历史上的上海是近现代文化的摇篮，而当代上海则是现代艺术的发展前沿。

20世纪初，上海经历了一段鼎盛的时期，被誉为"东方巴黎"。这一时期的上海文化形成了一种跨越东西、传统与现代的交融，为后来的中国现代文化奠定了基础。上海滩流行的歌曲、精致的旗袍、霓虹闪烁的夜生活，以及那些富有都市情调的电影和小说都成为这一时期的文化标志。上海的文化与艺术家们在这片土地上创作出了中国近现代文化史上的经典之作，如张爱玲、茅盾、叶圣陶等，他们的作品在中国文化史上留下了浓墨重彩的一笔。

进入21世纪，上海继续在文化与艺术领域发挥着重要的引领作用。上海的艺术中心，如上海当代艺术博物馆和上海文化广场，既为国内外艺术家提供了展示和交流的平台，也为公众提供了与艺术接触和互动的机会。此外，每年的上海国际艺术节和上海双年展等大型活动都为上海的文化与艺术氛围注入了新的活力。上海的艺术中心不仅是物理空间，更是精神家园。这些艺术中心为上海塑造了一个开放、多元和包容的都市文化形象。这里不仅汇聚了中国本土的艺术作品，还汇聚了全球的艺术精华，为人们提供了一次了解世界艺术的机会。此外，上海在文化传承与创新中走出了一条独特的道路。古老的文化遗址与现代的艺术中心并存，既呈现了上海的历史底蕴，也展现了其现代化的都市魅力。在这里，传统与现代、东方与西方的元素得以和谐共存，并在相互碰撞中擦出新的火花。

上海的文化与艺术中心的成功源于这座城市的开放性和创新精神。面对全球化的机遇和挑战，上海坚持自己的文化特色，努力发展本土文化产业，同时引进国外的先进经验和资源，为文化与艺术的交流与合作搭建了桥梁。

### 三、上海的日常生活与市民风俗

上海之所以被誉为"东方之珠"，不仅因为其经济和文化的重要地位，更因为这座城市深厚的日常生活底蕴与独特的市民风俗。上海的日常生活蕴含了丰富的历史和文化。沿着黄浦江漫步，不难发现，从早到晚，不同年代、背景的上海人都有其特定的日常活动。早晨的太极、舞蹈和锻炼，以及与之相伴的早点小贩，为这个繁忙的都市带来了片刻的宁静与生活的烟火气。夜晚，上海的小巷则呈现出另一种日常生活的风景：家庭团聚，邻里之间的互动，这是上海日常生活中不可或缺的部分。传统的饮食文化如生煎小笼包、红烧肉等都是上海市民生活中的常客。而在节日时，上海市民则会迎来另一种风俗体验。例如，中秋时节，家家户户会共赏明月，品尝月饼，体现出深厚的家庭和邻里纽带。

除了饮食，上海市民的娱乐活动也颇具特色，融合了东西方元素。老上海的茶馆文化、戏曲表演以及弄堂生活都是市民日常生活的重要组成部分。而现代上海的咖啡馆、音乐会、艺术展览等又为上海市民提供了全新的娱乐体验，体现了上海日常生活的多元性和包容性。上海的街头经常可以看到老一辈上海人在公园、广场上跳起传统的广场舞，这不仅是他们日常生活的一部分，更是一种独特的市民风俗。广场舞不仅锻炼了身体，还加强了邻里间的联系，成为上海日常生活中不可或缺的元素。此外，上海的市民风俗还体现在每个家庭的生活习惯上。家家户户都有其特定的家庭传统，如过年时的吃饺子、端午节的制作粽子、重阳节的赏菊等，这些传统的家庭习惯使得上海的日常生活更加丰富多彩。

上海作为一个多元化的都市，其日常生活与市民风俗也是多种多样。这些风俗不仅体现了上海的文化底蕴，更是这座城市日常生活的生动写照。从古至今，上海的日常生活与市民风俗都在不断地发展与演变，它们既是上海历史和文化的见证，也是这座城市未来发展的基石。

## 四、上海的创新与科技展望

在全球都市的竞技场中，上海凭借对创新和科技的坚持与执着，展示出了卓越的竞争力。作为中国的经济和文化中心，上海的科技展望不仅代表着一个城市的未来，更代表着一个国家、一个文明在全球舞台上的方向与定位。近年来，上海逐渐确立为一个重要的全球科技中心。其背后是这座城市对科技、创新及研发的长期投入与支持。无论是政府、企业还是学术界，都对创新与技术展现出前所未有的热情。其中，上海的自贸区及其对外开放政策为全球技术巨头提供了一个无与伦比的发展平台，吸引了无数国内外高科技企业汇聚此地。

上海在数字经济、人工智能、生物技术等前沿领域都已取得了显著进展。而这在很大程度上得益于其对教育、研究和开发的持续投资。上海的多所高等教育机构与研究所已与全球的顶尖机构建立了合作关系，为这座都市带来了源源不断的科研能量和人才储备。上海的科技展望并不仅仅局限于高新技术领域。这座都市的智慧城市建设也走在了世界前列。从智能交通到智能医疗，从智慧教育到智慧家居，上海正在用科技改变人们的生活方式和生活品质。这种科技与生活的深度融合也成为上海吸引全球人才的一大亮点。与此同时，上海在科技与环境、科技与人文之间也寻找到了一种独特的平衡。这座都市强调可持续性，用科技推

动绿色经济的发展，努力实现经济增长与生态环境的双赢。上海不仅仅
关注技术的进步，更关注技术给社会、人类带来的价值。

# 第二节　张爱玲的上海情结

　　张爱玲是中国现代一名颇有传奇色彩的女作家，她出生于上海，长
于上海，与上海结下了不解之缘，她的一系列作品如《半生缘》《怨女》
等都是以上海为背景而进行创作的。张爱玲的作品常常以上海人为描写
对象，也常常从上海人的角度看世界。张爱珍的小说透着一股上海味道
和上海情调，展现了上海的生活。可以说，上海生活的点滴赋予了张爱
玲极大的创作灵感，使她笔下的人物鲜活形象，令人印象深刻。

## 一、对弄堂与洋房的书写

　　张爱玲的文学作品为我们提供了一个窗口，使我们可以深入地探索
20 世纪上海都市文化的微观纹理。其作品中的空间细节，尤其是居住环
境，为读者重现了上海都市的日常生活。在她的众多小说中，两种主要
的居住空间反复出现：传统的上海弄堂里的石库门旧宅以及西式的破败
洋房或公寓。在《留情》中，米先生和敦凤夫妻就住在一幢现代新式小
洋房里，而敦凤的表嫂杨太太一家则住在中上等的弄堂房子里。在《半
生缘》中，曼桢居住于传统弄堂，而其姐姐曼璐则迁入了现代化的西式
楼房。

　　从都市民俗学的角度来看，弄堂是上海近代都市文化中的一种居住
样式。它起源于近代，结合了传统江南民居的元素和欧洲的联排式布局。
而随着时间的推移，弄堂在文化交流和磨合中逐渐为上海居民所接受，
成为上海文化中的一个代表性构成。在张爱玲的创作生涯中，弄堂已经
演变为上海都市文化中，传统与外来文化交融的典型标志。而西式洋房
和公寓，更多地代表了外来的、现代化的居住方式，只有少数经济富裕

的上海居民能够负担得起。

在张爱玲的文学作品中，居住空间不仅作为背景描写的元素，更深入地作为一个符号系统，用于呈现人物的身份、地位和性格特征。例如，《留情》展现了米先生和敦凤从其所居住的小洋房前往表嫂的中上等弄堂房子的场景。从这两个居住环境的细节描写中，我们不难得知不同人物身份地位的差异与悬殊。这在上海的都市文化背景下尤其显著，因为居住地通常被视为身份和阶层地位的象征。故事中，敦凤与米先生共同居住在代表高阶层的小洋房内，而杨家由于经济状况较差，只能居住在中上等弄堂房子中。尽管杨家生活在传统的弄堂房子内，其居住环境却饰以各种现代的西方物件，暗示着其对西方文化的崇尚和追求。这种居住空间的鲜明对比，对人物的性格和生活态度进行了细致勾画。

张爱玲的作品中还将居住空间视为一种隐喻，用以描述和塑造人物的内在特质。在《等》中，对王太太的描绘极为简洁，但饱含深意："圆白脸还带着点孩子气，嘴上有定定的微笑，小弄堂的和平。"[1] 这一描述呈现出王太太那种追求安宁与现世平和的心态，与小弄堂的和平形成了完美的和谐。张爱玲将居住空间融入对人物的形象塑造中，展现了其对都市文化背景的深入理解和敏锐洞察。正如苏青的评价："她的比喻是聪明而巧妙的，有的虽不懂，也觉得它是可爱的。"[2]

从文学结构和叙事策略的视角来看，居住民俗空间的描绘在很多作品中并不仅仅是背景的陈述，而是作为一种叙事机制，通过微妙的呈现来推进故事情节，暗示角色的心理变化和情感深度。这种技巧避免了直接的叙述方式，更具有艺术感，能够引起读者的共鸣和思考。以张爱玲的《留情》为例，文中米氏夫妇在与家中发生纠纷后，决定前往亲戚家时，"先驶过了一座棕黑的小洋房"。这个具体的空间描写触发了米先生关于前妻和他们不愉快婚姻的回忆，而后的"灰色的老式洋房"则让敦

---

[1]　张爱玲. 张爱玲文集 [M]. 王晖，主编. 长春：吉林摄影出版社，2000：26.
[2]　静思. 张爱玲与苏青 [M]. 合肥：安徽文艺出版社，1994：23.

凤回想起自己的前夫和那段失败的婚姻。这种叙事策略的选择并非偶然，而是通过建筑的特定特征和氛围来作为角色心理活动和往事的触发点。比起详细叙述人物的前情，张爱玲更倾向于通过对建筑的描绘来间接地提及，既保留了作品的神秘感和艺术性，也赋予了读者充分的解读空间。因此，"通过居住空间的描绘，巧妙地省略部分情节"，作者达到了一种叙述的经济性和艺术性，为读者创造了一个思考和联想的空间，强化了文学作品中的意象和情感深度，从而实现了与读者之间一种难得的、深度的沟通与共鸣。

作者将故事中的人物安置在旧式弄堂和洋房公寓两种不同类型的居住空间中，巧妙地构建了一个新旧文化对比的舞台。通过将这两种空间视角化，张爱玲不仅为读者描绘出了上海这座城市在文化转型中的独特风貌，也展现了她自身在传统与现代价值观之间徘徊的复杂情感。

## 二、对上海交通的书写

在张爱玲的小说中，上海的交通成为一个显著的文学符号，揭示了都市生活中的种种矛盾和冲突。20 世纪初的上海，黄包车和三轮车是最常见的交通工具，代表着大众生活的日常和简约。随着时间的流逝，到了 20 世纪 30 年代，现代化的电车和汽车开始进入上海，代表着较高水平的物质文明和现代都市的繁华。这些传统与现代的交通工具交织在一起，成为上海都市生活的一个重要标志，也成为张爱玲小说中的一个重要意象。

在张爱玲的小说中，电车不仅仅是一种交通工具，更是一个载有都市生活的复杂情感和文化内涵的符号。例如，小说《封锁》的故事就是发生在现代化的交通工具——电车上的一段遇到空袭而进行的浪漫狂想曲。男女主人公偶遇在公共空间，却由于封锁具有的私密性，产生了超越时空的情感。"封锁期间发生的一切，等于没有发生。整个的上海打了个盹，做了个不近情理的梦。"整个故事情节就是现实背景下的一种梦幻叙述。在空袭的解禁将彼此拉回现实中之前，惘惘地，仿佛时光被静止了一段。普通人生活中的种种不易、难堪、屈辱、辛劳在这一刻被成功地消解。有了这一刻，一切又有了进行下去的勇气。这样一段普通的瞬间具有了非同寻常的意味。它是上海这座城市所独有的浪漫，因为它发生的时期是1943年左右，正是这种时空的特殊交合，才使普通的故事变成传奇。

三轮车作为一个更传统的交通工具，也在张爱玲的小说中扮演了重要角色。在《色戒》中，女大学生王佳芝刺杀特务易先生失败后，安排她乘坐三轮车离场。当时的王佳芝在执行任务时，突然割舍不掉对刺杀目标易先生的爱，她以为易先生在生死关头会因为爱她也放她一马，谁知道易先生没有如她所愿，三轮车还是停在了封锁线内。三轮车成为展现女主人公复杂情感的重要载体。通过三轮车，张爱玲展现了女主人公对爱情的渴望和对生活的困惑。

在张爱玲的小说中，电车和三轮车这两种都市交通工具不仅仅是背景，更是一种情感和文化的载体。通过这两种交通工具，张爱玲展现了都市生活的复杂性和矛盾性。而这种复杂性和矛盾性也是上海都市文化的一个重要特点。

## 三、对海派文化的书写

上海的海派文化不仅继承了传统的中国文学的特性，如鸳鸯蝴蝶派的市民性和世俗性，还吸收了现代派的写作风格。这种融合体现在张爱玲小说的语言上，既有中国传统的典雅和清丽，又带有西方的意识流和内心独白等特点。上海的海派文化也是中西文化交流的产物。作为最早开埠的城市，上海与西方文化的交流和碰撞走在全国前列。在张爱玲的小说中，这种交流和碰撞表现得尤为明显。例如，小说中的家居装饰既有中式的屏条和帘子，又有西式的大理石长桌和玻璃罩。这种中西合璧的家居装饰风格正是上海海派文化的一大特点。

　　上海的海派文化还体现在其对生活的细腻和精致的态度。从地理和历史的角度来看，上海受到江南文化的影响，注重生活品质。张爱玲小说中的服饰细节，如对旗袍的描述，凸显了上海的都市生活氛围和对生活的追求。而这种追求也与上海的经济和文化背景有关。明朝时期，上海所在的江南地区经济逐渐繁荣，出现了许多以纺织业为主的市镇。这为上海的商业和文化发展创造了条件，也影响了上海人对生活的态度。

　　张爱玲的小说也揭示了一种苍凉和颓废的精神世界。这种苍凉和颓废与上海的都市文化和历史背景紧密相关。民国时期的上海，文化和经济发达，但也存在着尖锐的社会矛盾。左翼作家揭示了这些矛盾，呼吁工农大众觉醒；新感觉派作家热衷于感官和心理的刺激；张爱玲的小说则呈现了一种更为深沉的情感，那就是对人生的苍凉和颓废的感慨。小说中的人物，如《金锁记》中的曹七巧，既是害人者，又是受害者。这种情感的复杂性是张爱玲对上海都市生活的独特看法。《鸿鸾禧》展现了一场婚礼前后的深层情感纠葛。邱玉清与娄家大少爷即将到来的联姻成为故事的起始，但真正的核心是两代人的婚姻历程。娄家作为代表新兴派别的家族，选择了西式的结婚仪式，这与娄太太童年时目睹的传统中国婚礼形成了鲜明对比。作者用现代婚礼和传统婚庆做对比，但无论是新法还是老法，婚姻带给女人的依旧是无尽的痛苦与折磨，作品流露出对女人命运的无限感慨。

　　在张爱玲的小说中，上海不仅仅是一个背景，更是一个有着丰富情感和文化内涵的符号。这种符号既包括了都市的繁华和现代化，也包括了传统和现代、中西文化、现实和理想之间的冲突和融合。而这种冲突和融合也正是张爱玲笔下上海的真实写照。

　　张爱玲对上海的书写不仅展现了上海的都市特征和文化氛围，更揭示了上海人心灵深处的情感和思考。这种情感和思考与张爱玲自己的生活和家族背景有关。她的家族有着深厚的封建传统，但她本人又有着对现代生活和文化的向往。这种矛盾使得张爱玲对上海有着独特的看法，也影响了她的创作。

# 第三节　王安忆的上海回忆与生活

在文学的海洋中，为了能写出独特的上海故事，不落窠臼，王安忆选择借助自己切身的上海生活体验，另辟蹊径。王安忆的童年是在淮海路的公寓房子和弄堂中度过的。此时正值上海解放之初，她的邻里既有弄堂寻常市民，也有没落下来的上流社会人家，更有硬插进这座城市的"外来户"——南下干部。生活在这样的环境中，她了解到了不同人家不同的生活，具备了浓厚的生活体验背景。童年记忆在人的一生中弥足珍贵："童年往事往往是一种哲理性的故事，也就是有意义的故事。回顾童年往事总是令人愉快的，我们觉得故事特别多，随手便可拈来。那些极平常的琐事，都可成为一个故事的核心。"[①] 这成了她确定叙述时空的重要因素。

1981 年，王安忆发表了《本次列车终点》，这篇小说不仅有着特别的意味，更呼应了她自身对上海的复杂情感。1970 年，16 岁的她离开上海，去淮北农村插队，与上海阔别了整整 10 年。这一阔别和疏离让她对上海充满了陌生感，不再确定这是否还是自己的家园。她对上海的体验不仅包括童年时期的熟稔和亲切，还包括返城之后的疏离和矛盾。这使上海在她看来蕴含了一种异质性的东西，促使她在想象的上海与真实的上海之间寻找联系，也就是说，寻找适合自己的上海时间和空间，以建构自己的上海艺术世界，便于自己的想象和书写。

王安忆熟悉的上海时期为她书写日常生活的亮点做了很好的衬托。她深刻地描绘了上海这座城市的日常生活，透过琐碎的日常，触及了人们深藏的情感和精神世界，构建了一幅真实而生动的上海图景。她的作

---

① 　王安忆. 寻找上海[M]. 上海：学林出版社，2001：16.

品不仅展示了上海的风土人情，还反映了那个时代人们的心态和生活状态，成了上海现代文学史上的一抹独特印记。

## 一、上海的"芯子"

以"日常生活"为美学核心理念的作家王安忆在她的文学实践中不断展现了对日常生活的深入探究和批判意识的体现。尽管她可能并未深入研究列斐伏尔的理论体系，但敏锐地洞察到日常生活作为人类历史的基础，在文学创作中，她并未将焦点集中在重大的历史事件上，而是在日常生活的细微之处寻找并文学化地把握那些"贴肤可感"的历史内涵。

在《现代化与日常生活批判》一书中，衣俊卿从三个方面对日常生活进行了学理界定，具体来说，他认为日常生活是以家庭为出发点的，与人的生存和再生产有紧密联系，是以个人的全部日常活动为对象的，涉及人的自然主义特征、社会组织特征，以及精神性领域。[①]

日常生活涵盖了围绕个人的存在、发展和再生产的所有社会活动，其中包括衣食住行、饮食男女、生老病死、婚丧嫁娶、礼尚往来等全方位的活动。从某一方面来看，日常生活具有个人性的主要特征，它构成了人的存在的本源与基础；另一方面，社会性和文化性也是日常生活的重要特质。个体间的互动赋予了日常生活以社会特性和文化特质。

基本的日常生活内容不仅展示了生命的自然属性，而且成为人与动物区别的重要社会文化体现。实际上，日常生活可以被视为一种社会或文化活动。当个体"自在地"认同并融入日常生活时，他们的主体性和创造性可能被淡化，对人生理想和生存意义的追求可能被忽略。然而，在王安忆的观点中，这种带有缺憾的日常生活方式恰恰是真实人生的基础，它与风起云涌的天空和浮世的华丽泡沫无关。而上海的都市文化精神正是对这种人生观的最佳诠释。这种观点在某种程度上揭示了日常生活作为理解人类生存和社会文化现象的复杂和多维度的视角。

---

① 衣俊卿.现代化与日常生活批判[M].北京：人民出版社，2005：100．

王安忆对上海特定的"中产阶级"文化价值的认同体现了一种重视现实和实用主义的人生观念。这种观念强调每一天的价值，注重最实际的利益，并以务实的态度迈向确定的方向。虽然这样的人生观可能被视为表面和缺乏远大理想，但正是这样的观念，使上海这个城市具有坚实的基础。尽管文中那些世故圆滑的小市民特质可能不够"高尚"，但王安忆充分肯定了将实际功用视为首要目的的日常生活状态在社会发展和历史进程中的重要作用，甚至将其视为不可或缺的力量。这种内敛的生命力使市民的人性得以延续，进而构成了上海的精神文化传统。在不同的时代背景下，无论王安忆的作品中所描绘的历史记忆呈现何种形态，这种中产阶级的人生观始终贯穿她的作品之中，反映了一种深刻的社会观察和人文关怀。

王安忆从不吝于在文字中直抒她对生活的热爱：

> 我醉心生活，生活有苦又有乐。人的一生多么宝贵，要好好地过，细细地品尝，我真是连一点滋味也不愿放过。……我爱生活，一定要好好地生活。[①]

此外，王安忆本人对于日常生活的热爱还表现在她对服装也有独到的审美力，在实际生活中也擅长烹调。

在中篇小说《好婆和李同志》中，王安忆精确而生动地对上海人与北方人之间的生活态度和风格做出对比。作品中通过对床上用品、家具以及食物之间的差异如实心馒头与馄饨的细致描述，展现了上海人的精致、实惠的日常生活与北方人的粗犷、豪放的风格的对立，从而表达了对上海人日常生活美学的反思和赞赏。此外，王安忆的作品中常运用感官效应将日常审美化。例如，在《妹头》中，主人公妹头的机灵乖巧与

---

① 王安忆.我爱生活 [M]//《人民文学》编辑部.作家文牍.西安：陕西人民出版社，1986：210.

生活技能展示了她惊人的生活能力。通过挑选便宜的小杂鱼翻炒成鱼松、拿油条当小菜、加新鲜蛋液来蒸昂刺鱼等日常技能，揭示了上海弄堂女儿代代相传的生活经验和文化传承。

　　王安忆在《长恨歌》中探索的也是上海的风景和居民的生活状态，她试图通过对上海自 20 世纪 50 年代以来社会历史发展的深入理解和诠释，构建一个由日常生活塑造而成的精神空间。上海——曾经的小渔村因为特殊的历史机缘，迅速搭上现代化的快车，并在数十年后成了世界关注的焦点。在王安忆看来，为了能够"格外地将这日月夯得结实，才可有心力体力演绎变故"①，这座传奇的城市尤其需要找到一种持久的定位和力量。在大时代背景下，王安忆借助小人物展示了一种超越困顿和窘迫的生活态度。这种态度不仅是上海的历史传统，还是上海未来发展的关键品质。在她的笔下，上海都市文化精神的核心恰恰体现在对日常生活的投入和坚持、对生活的热爱，以及对个体生活的尊重。《长恨歌》的日常生活叙事达到一个新的高度，上海的芯子得到最佳体现。王琦瑶"穿家常花布旗袍"的照片被《上海生活》选作封里，"像'上海生活'的注脚。这可说是'上海生活'的芯子，穿衣吃饭，细水长流的，贴切得不能再贴切"。②王琦瑶搬进平安里，安顿好，"窗外是五月的天，风是和暖的，夹了油烟和泔水的气味，这其实才是上海芯子里的气味，嗅久了便浑然不觉，身心都浸透了"。王安忆在《寻找苏青》一文中对苏青的上海心做了细致入微、鞭辟入里的描述，把这篇文章与《长恨歌》对照阅读会很好地帮助我们解读王安忆的上海的"芯子"或上海心。

## 二、上海弄堂

　　石库门弄堂作为上海普通市民的典型居住空间形态，不仅在城市化进程中成了上海都市生活重要的居住空间，更在某种程度上定义了居住

---

① 　王安忆.寻找苏青[J].上海文学，1995（9）：32-36.

② 　王安忆.长恨歌[M].上海：上海教育出版社，2005：46.

其中的人们在城市生活中所占有的位置。弄堂的居民在相对较长的时间里能保持一系列大致稳定的风俗、习惯和人际关系，这一空间组织形式与其居民的生活紧密相连。

在城市地理学的角度来看，弄堂的空间位置由城市边缘逐渐延伸至城市中心地带，这一变迁过程不仅揭示了城市化进程的推进，还与上海城市生活的多元化和居民社会地位的复杂性相互关联。一些文学作品中，如王安忆的《骄傲的皮匠》，也反映了上海独特的文化现象，那就是"你的出身和社会地位是可以从你住的地方体现出来的"。[①] 进一步而言，弄堂在上海城市空间的意义其实标记着不同的城市生活的内容与形式，以及在此基础上形成的不同形态的城市亚文化。它并不仅仅是空间层面的物理形态，而是由居住其间的居民在这一空间中共同创造的生命体验和生活价值。例如，弄堂可以呈现出不同的文化特征："上只角的弄堂"或"打桥牌的弄堂"。

在王安忆的视野中，上海独有的弄堂、弄堂里的石库门房子就是上海都市生活的重要象征。她的第一个家位于淮海中路的弄堂里，正对着过去法租界最繁华的淮海路，代表着上海最高的消费水平。在她的描绘下，淮海路的餐厅和时髦男女成了 20 世纪 60 年代初上海的独特风景。"老大昌"等西餐厅成了当时有钱又有闲的时髦人士的聚集地，"飞"则是用来形容那些打扮时髦出众的年轻人。

从文化生活的角度来看，王安忆少年时期所感受到的淮海路弄堂生活场景揭示了城市中不同社会阶层和价值取向的体现。具体来说，附近的两家电影院——国泰电影院和淮海电影院，成了社会结构和文化消费的缩影。国泰电影院以其现代洋气的外观和豪华设施，以及放映的国外原版电影，显现了一种与国际接轨、追求时尚和享受的生活方式。相对而言，淮海电影院则展现了一种更接近草根、传统的文化消费模式，与奢华享受的现代生活方式并不相符。两者之间的价格差异也进一步反映

---

① 　王安忆.骄傲的皮匠 [M].北京：海豚出版社，2010：14.

了不同的社会定位和消费群体。正如王安忆所回忆："我们宁可多花些钱，去国泰电影院。"① 此观察与社会学家吉登斯的观点相呼应，现代性的重要性在于它塑造了我们的生活方式和社会意义的表达系统。② 在这个具体的情境中，电影院的选择不仅是一种娱乐消费的决策，也是一种生活方式和价值观念的表达。它揭示了现代城市中，如何通过日常生活的消费选择，塑造并传达了不同的社会身份和文化取向。在这个过程中，个体的消费行为也反过来影响和塑造了他们的社会认同和文化价值观念。

1974 年，王安忆一家从上海的淮海路迁往西区的愚园路，此次搬迁不仅是空间的转变，更是一次社会文化景观的转型。"我们的弄堂是一条很大的弄堂，有一百多号门牌，一头通南京路，一头通愚园路。"③ 与淮海路相比，愚园路的环境显得相对"土俗"，甚至落后了数十年，呈现出的城市风貌与淮海路的时尚现代截然不同。

不同于淮海路的精致与雅致，王安忆在愚园路的新居所处的弄堂环境充满了喧嚣和杂乱。这一现象可能是受到时代背景的影响，该地区曾经住过的名人无法为其增添光彩，反而是人满为患的情况使得空气中弥漫着嘈杂的声音。更让王安忆惊讶的是，隔壁一条破败的弄堂更像城市中的村庄，人多且住宅条件艰苦，违法建筑随处可见，与淮海路的景象截然不同。

十年后的，王安忆继续沿着愚园路向西迁往一条新工房深处的普通公寓楼房。周围的环境充满了岔口，通向各种不同的公共生活空间，如老虎灶、公共厕所、公用电话间、米店等，同时充斥着一些破烂的旧棚屋。她所居住的房子在其中独树一帜地矗立着。

从整体来看，这一系列的搬迁描绘了一幅从城市中心向边缘逐渐推进的景象，反映了上海城市空间的层次和分异。随着从市中心向城市边

---

① 王安忆，阿来，莫言，等. 忧伤的年代 [M]. 长春：时代文艺出版社，2000：368.
② 吉登斯 A. 现代性的后果 [M]. 田禾，译. 南京：译林出版社，2000.
③ 王安忆. 寻找上海 [M]. 上海：学林出版社，2001：90.

缘的逐渐推移，居住环境的变化不仅揭示了城市的物理空间变迁，还呈现了不同社会经济阶层和文化价值取向的多样性和复杂性。这一过程也展示了城市化进程中，空间与社会结构、文化符号的互动和互构关系。

## 三、上海的女性风采

王安忆在多部作品中均以上海为背景，通过对上海的深入描写，展现了这座城市的独特魅力和文化内涵。特别值得注意的是，王安忆对上海的看法是独具一格的。她认为，对于上海而言，女性比男性更具有代表性，她曾说："要写上海，最好的代表是女性……要说上海的故事也有英雄，她们才是。"① 这一观点在她的作品中得到了充分体现。

在王安忆的笔下，上海与女性之间存在一种深刻的联系。她认为，上海的繁华和多彩其实是女性的风采所致。她在《长恨歌》中写道："上海的繁华其实是女性风采的，风里传来的是女用的香水味，橱窗里的陈列，女装比男装多。那法国梧桐的树影是女性化的，院子里夹竹桃，丁香花也是女性的象征。……这城市本身就像个大女人似的，羽衣霓裳，天空洒金洒银，五彩云是飞上天的女人的衣袂。"② 这种描述使得上海呈现出一种女性化的特质，既有柔情，又充满力量。王安忆作品中的女性人物，如《长恨歌》中的王琦瑶，不仅代表了上海的女性，更是上海这座城市的象征。王琦瑶身上集中体现了上海的都市文化，她的生活故事则反映了上海的历史变迁。当谈及《长恨歌》的创作初衷时，王安忆明确表示："《长恨歌》是一个非常写实的东西，在那里我写了一个女人的命运，但事实上这个女人只不过是城市的代言人，我要写的是一个城市的历史。"③

王安忆的《长恨歌》为人们提供了深入探索这一文化的窗口。其中，

---

① 　王安忆.寻找上海[M].上海：学林出版社,2001:84-86.
② 　王安忆.长恨歌[M].北京：学习出版社,2019:16.
③ 　王安忆.重建象牙塔[M].上海：上海远东出版社,1997:191.

她对上海弄堂的描写不仅呈现了都市生活的日常，更透露了她对生活和世界的哲学思考。她持有观点，即历史的真谛并非仅仅在于宏大的历史叙事，而在于"日复一日，点点滴滴的生活的演变……无论多么大的问题，到小说中都应该是真实、具体的日常生活"①。这种观点使得王安忆作品中的上海不再仅仅是一个地理空间，而是一种生活哲学的载体。

王安忆特别强调了上海弄堂生活的意义，认为它是上海都市人生的核心。上海的真正魅力并不在于高楼大厦，而在于那些弄堂深处的生活细节和人物性格。王琦瑶作为《长恨歌》的女主人公，被王安忆赋予了特殊的意义，她被称为"典型的上海弄堂的女儿"，并表示上海的"每间偏厢房或者亭子间里，几乎都坐着一个王琦瑶"。这种描述为我们展示了王琦瑶在上海文化中的代表性地位，她不仅是一个具体的人物，更是上海弄堂文化的象征。

进一步地，王琦瑶的形象揭示了上海文化中的"精致美学"。上海作为一座追求现代化和时尚的城市，其居民特别是女性，经常被描述为追求精致和完美的代表。这种精致美学不仅仅是表面的，它深入日常生活的每一个细节，无论是饮食、服饰还是居家生活，都能看到上海人追求完美的痕迹。王琦瑶作为上海女性的代表，完美地展现了这种精致美学。

上海作为中国的文化与经济中心，继承并发扬了江南地区的精致美学，这种美学在当地居民的日常生活中得到了充分体现。穿着打扮是上海文化中的一个重要方面，它在很大程度上决定了个体在社会中的形象与地位。正如严师母所言："穿衣是做人最要紧的兴趣，穿是面子，吃是里子，面子撑起全局，而里子是做给自己看的。"② 这段描述反映了上海文化中对外在形象和内在价值的双重关注。

王琦瑶作为《长恨歌》中的核心人物，通过对时尚的敏锐洞察和对日常生活的细致关照，成为上海文化的象征。她对服装的态度——如定

---

① 王安忆.长恨歌[M].北京：学习出版社，2019：65.
② 王安忆.长恨歌[M].北京：学习出版社，2019：84.

期检查和维护其樟木箱中的衣物，以防止衣物受损或发霉——不仅体现了她对时尚的热爱和对物品的珍视，更展现了她对生活的深度思考。她明白时尚的循环性，因此总能站在潮流的前沿，这种洞察力和远见使她在不同的时期都能保持独特风格。此外，上海的饮食文化也是这一精致美学的重要组成部分。不同于其他地方的饮食文化，上海的饮食强调烦琐的加工程序和正式的餐饮礼仪。这种对食物的讲究不仅体现在特定的食物选择和制作技术中，而且在餐具的选择和食物的摆盘中也能看出。王琦瑶的饮食习惯，如她为严师母和毛毛娘舅准备的食物——"事先买好一只鸡，片下鸡脯肉留着热炒，然后半只炖汤，半只白斩，再做一个盐水虾，剥几个皮蛋，红烧烤麸，算四个冷盆。热菜是鸡片、葱烤鲫鱼、芹菜豆腐干、蛏子炒蛋。老实本分，又清爽可口的菜，没有一点要盖过严家师母的意思，也没有一点怠慢的意思"[1]——揭示了上海饮食文化的丰富性和深度。

王安忆笔下的上海女性身份似乎蕴含着一种复杂性：既有骄傲，又伴随着功利。这种骄傲并非封闭的自恋，而是一种有节制的自尊；而功利性则表现为一种向上的、不拘泥情感的实用主义。王琦瑶作为《长恨歌》的中心人物，无疑是这种文化背景下女性身份的典型代表。当被誉为"沪上淑媛"，并被广泛报道时，她并没有过度展示自己的成就，反而选择了中立的姿态，这可以被解读为她为了保护自己的尊严而做出的权宜之计。王琦瑶的实用主义在她的人生选择中得到了充分体现。她是一个有目标的上海女性，希望突破社会地位的限制，通过自己的智慧和努力进入上层社会。对她而言，与吴佩珍、蒋丽莉的友情，以及与程先生、李主任的情感关系都是为了实现这个目标的手段。这种目的性并不是纯粹的物质追求，而是基于对更好生活的渴望。例如，她选择加入蒋丽莉家是为了接触上层社会；参加"上海小姐"评选则是一个机会，可以帮助她进一步实现这一目标。当王琦瑶进入上层社会，成为"爱丽丝公寓"

---

[1]　王安忆. 长恨歌 [M]. 北京：学习出版社，2019：105.

的住户，她并没有完全放弃自己原本的身份，反而选择了一个更为独立、务实的生活方式。这种选择反映了她对上海文化的深刻理解，即在追求更好生活的同时，也要保持自己的独立性和主见。这种独立和主见使她能够在不同环境中适应和生存，无论是在"爱丽丝公寓"的富裕生活，还是在平安里的普通生活，她都能找到自己的位置。

## 四、对都市生活的观察与反思

王安忆对上海的描绘不仅涵盖了繁华的都市生活，如代表着都市奢华与现代性的"爱丽丝公寓"，也包括了市井生活，如象征着朴实与和平的"平安里"。这种多元性的都市书写策略表明，王安忆试图超越海派文学中对中产阶级的传统关注，转向对普通市民生活的关心与体察。

王安忆在作品中描绘的上海市民具有明确的地域性特质：他们机敏、实际，并在生活中展现出坚韧与适应性。这种特质在作品中的多个角色身上有所体现。例如，王琦瑶作为一名从居住在弄堂的女子逐渐进入上层社会的女性，展示了一种对生活的坚韧与务实的态度。她的生活策略和抉择反映了一个普通市民在都市环境中，如何在面对困境时保持自己的立场，如何在追求个人利益时不失为人的底线。《天香》这部作品则提供了对明代上海士族家庭生活的细致观察。作品中的"顾绣"与闺阁生活为我们呈现了一个古代上海女性如何在传统与现代交织的环境中，寻找自己的生存空间与价值。这些女性虽然生活在物欲横流的都市中，但她们对家族与自己的生活仍然保持一种坚定的态度。例如，尽管申家的经济状况逐渐恶化，但家中的女性成员通过自己的绣艺为家中带来了新的经济来源。

王安忆对上海的描述揭示了这座城市内在的复杂性与活力，这座城市总能够在逆境中找到新的生机。王安忆在作品中写道："一股生机勃勃然地，遍地都……此时都没了荒芜气，而是蛮横的很，还不止园子自身拔出来的力量，更是来自园子外头，似乎从四面八方合拢而来，强劲到说不定哪天会将这园子夷平。所以，闵师傅先前以为的气数将尽，实在是因为有更大的气数，势不可挡摧枯拉朽，这是什么样的气数，又会有如何的造化？"① 这段描述提供了对上海持续发展与繁荣的一个深刻解释，表明这座城市总能在变迁中找到新的生机与动力。这种对都市生活的观察与反思使王安忆的作品成为对上海历史与文化的重要记录与见证。

上海的气质就是如此，不求持盈保泰，不甘中庸平和，光彩夺目才是她的基调，即便繁华逝去，也依旧不断创新，追求再一次的盛世之景。在王安忆的《天香》中，天香园的女性就是这一精神的体现。尽管她们面临家族的衰落，但她们对于绣艺的坚守与发扬确保了这一传统艺术的传承与延续。这种坚韧不拔与对文化的敬重使得天香园并未如大观园般消散在历史长河中。王安忆通过这些女性角色展现了上海独特的文化底蕴——那种在日常生活中不断追求完美和展现出的生命力。随着时间的流转，上海经历了多次变革，但其核心价值观和文化精神始终如一。《天香》为我们提供了一个视角，透过这部作品，我们得以探究上海精神的起源，并进一步了解王安忆所描述的"上海世界"的深度与广度。

---

① 王安忆. 天香 [M]. 北京：人民文学出版社，2011：62.

# 第七章　都市文学中的都市刻画——苏州

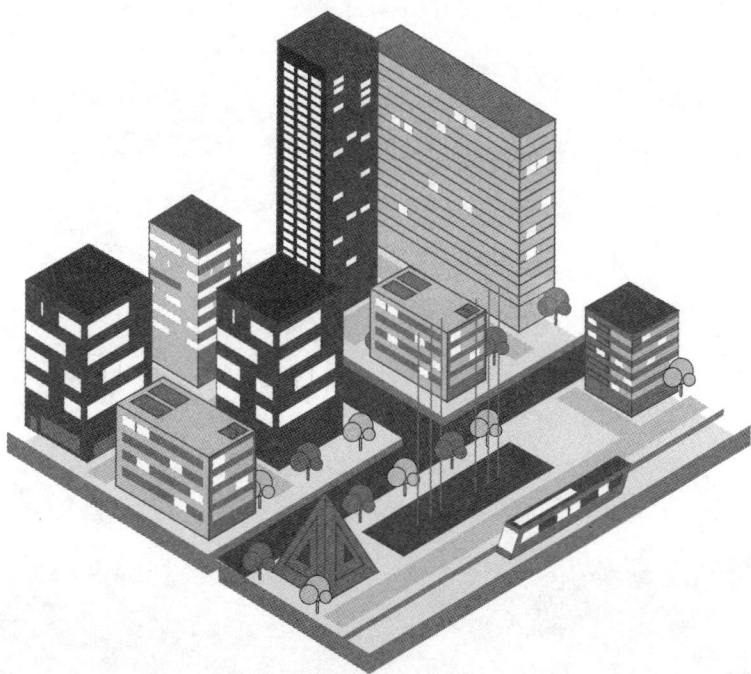

# 第一节　苏州的独特魅力与文化韵味

## 一、精巧的园林

苏州作为中国的古城之一，以其丰富的历史文化和独特的地理风貌而著称于世。其历史源远流长，早在春秋时期便已成为吴国的政治中心，西汉时期更是"江东一都会"（《史记·货殖列传》），在宋代以后，其地位越发显赫，以"风物雄丽为东南冠"，曾被陆游赞誉为"苏常熟，天下足"。如此美誉传颂至今，甚至在《红楼梦》中还有"最是红尘中一二等富贵风流之地"的赞颂。

苏州的园林文化则是该城市文化的精髓之一，自古有"江南园林甲天下，苏州园林甲江南"的说法。苏州园林从春秋时期吴国建都姑苏时起源，五代时期形成，宋代成熟，并在明清时期达到鼎盛。清末时，苏州园林多达170处，现保存完整的有60多处，其中沧浪亭、狮子林、拙政园、留园、网师园、怡园等尤为著名。叶圣陶曾评价说："苏州园林是我国各地园林的标本，各地园林或多或少都受到苏州园林的影响。"其追求的精巧和完美体现在"咫尺之内再造乾坤"以及"讲究亭台轩榭的布局，讲究假山池沼的配合，讲究花草树木的映衬，讲究近景远景的层次"上。总之，一切都要为构成完美的图画而存在，决不容许有欠美伤美的败笔。

园林文化在苏州的独特地位还体现在一种精致的"退隐文化"。通过"拙政园""退思园""沧浪亭"等园林名称，可以发现其对曲径通幽的追求和厌倦世俗纷扰的退隐情感。陆文夫曾将苏州园林视作"退隐文化"的体现，其背后的动机复杂多样，包括厌倦政治、官场失意、躲避战乱、受魏晋之风影响，等等。他认为，这种隐士情感在中国传统文化中受到推崇，不必躲到深山老林，而是可以在城市之中"无车马之喧，而有山川林木之野趣"地隐居，这就是苏州园林的魅力所在。

在苏州园林的文化研究中，有许多观点强调了园林与苏州人文精神的紧密联系。曹聚仁在《吴侬软语说苏州》中描述了苏州园林的幽美之处："苏州的园林，以幽美胜，曲折幽深，亭台楼阁，掩映于苍松翠柏、竹林苔障、小阜清流之间，一幅自然图画，林木花卉，衬得整个院落骨肉亭匀；这些建筑大师，胸中自有丘壑。"① 苏州园林的精致和幽雅被认为是苏州文化内敛、含蓄特质的映射。此外，园林的艺术特点还与苏州人的性格和文化格局相互影响。范小青在《苏州人与苏州园林》中对苏州园林与苏州人的关系进行了深入分析，提到了园林的清静淡雅与精雕细刻之间的平衡，甚至暗示这种表现并非园林的本质："苏州要出世，这就有了苏州园林的清静淡雅；苏州要追求，又有了苏州园林的精雕细刻。于是我们是不是能想到，清静淡雅，只是一种外在形式罢，它大概不是本质，若是本质，苏州园林就死了，苏州人也死了。"② 范小青在作品中通过对苏州文化特质的描写，表现了柔和却不失韧性、小气却不失洒脱的"苏味儿腔调"。余秋雨则从更宏观的角度，将苏州视为"中国文化宁谧的后院"③，强调了苏州园林文化的"精巧"和"闲逸"。这一形象的描述揭示了苏州园林对整体苏州文化的影响，为其底蕴和底色提供了深刻的解释。

苏州园林不仅是一种独特的艺术表现形式，更是苏州文化精神的载体和象征。通过园林，人们可以窥见苏州人的性格特点、文化价值和社会风俗。从吴侬软语、评弹说唱到刺绣织锦，无不渗透着苏州文化精、细、秀、美的特点，这些特点共同构成了苏州文化的独特面貌，也成了中国文化宝库中的一笔宝贵财富。

---

① 曹聚仁.吴侬软语说苏州 [M]// 王稼句.姑苏斜阳.天津：百花文艺出版社，2001：26.

② 范小青.苏州人 [M].南京：南京大学出版社，2014：15.

③ 余秋雨.文化苦旅 [M].上海：上海辞书出版社，2003：62.

## 二、温婉的姑苏

苏州文化常被描绘为温婉、细腻，这一特质的形成可以从方言和水乡地理环境两个维度进行解析。

从方言地域来看，苏州话作为吴语太湖片苏沪嘉小片的一部分，其音调、语速、节奏、发音以及词汇的组合具有柔和之美。在吴语地区内部，苏沪嘉小片的口音被认为较为儒雅婉转，故有"吴侬软语"之称，这一名称通常指代苏州腔调。吴语作为汉语七大方言之一，保留了丰富的古音和浊音声母、7~8种声调，以及入声。苏州话的语调平和、抑扬有序，语速适中、顿挫自如，赋予人一种低吟浅唱的审美感受。

苏州的温婉特质还与其水乡地理环境有关。唐代杜荀鹤在《送人游吴》中描述："君到姑苏见，人家尽枕河。古宫闲地少，水港小桥多。"苏州被誉为"东方的水都、水城、水乡"，拥有众多湖泊与河道，13世纪的马可·波罗甚至将其赞誉为"东方威尼斯"。陆文夫指出，水对苏州柔性文化精神的塑造具有深远影响，除了语言之外，苏州人的心态、习性和生活方式中都流露出女性细致、温和、柔韧的特点。这些特点的形成与该地区的经济和文化背景密切相关。苏州属于吴越文化，主要表现为水文化和稻米文化。水的柔和特性、稻米的高产特性，以及温和气候下肥沃土地的一年四季产出，共同塑造了苏州人耐心、细致和柔韧的性格特点。

苏州文化的温婉特质更深入地渗透于昆曲、评弹和园林等艺术形式中。昆曲源于14世纪苏州的太仓南码头，是中国古老的戏曲声腔和剧种之一。这一艺术形式以词句的典雅、行腔的婉转和表演的细腻而为人称赞，被誉为"百戏之祖"。昆曲行腔的优美主要体现在演唱技巧上，如声音的精准控制、节奏速度的顿挫疾徐以及咬字吐音的精致讲究。这些特点共同赋予昆曲一种缠绵婉转、柔曼悠远的美感。苏州评弹则是苏州评话和苏州弹词的总称，是一种以苏州话为代表的吴语徒口讲说表演的传统曲艺说书形式。评弹起源并流行于苏州以及江、浙、沪一带。在演唱方式上，评弹运用吴音，强调抑扬顿挫、轻清柔缓的特点，辅以弦琶琼铮的伴奏，产生了十分悦耳的效果。至于苏州园林，其设计构筑展现了奇巧精致、玲珑婉转的审美特色。苏州园林融合了建筑、雕刻、诗词、绘画等多种艺术形式，成为中国古典园林的代表之一。通过精心的布局和内敛的美学，苏州园林更为深刻地体现了苏州文化含蓄、内敛、幽远和温婉的文化精神。

# 第二节　陆文夫笔下的苏州小巷

## 一、"梦中的天地"

苏州这个名字在陆文夫的心灵中代表着"天堂"，甚至是他所称的"梦中天地"。在他的散文作品《姑苏之恋》里，他将苏州文化对自身的文学影响形容为"针剂般的注入"，一个"艺术的基因"的植入。[①] 从此以后，苏州文化的印记就与他的灵魂相连，深入骨髓。出生在江苏泰兴的陆文夫自幼居住在长江北岸，时常遐想着南岸那个"天堂"。1944 年，因治病而首次到访苏州的他竟由此开启了一段与这座古城结缘的旅程。

最初的时光里，陆文夫对寄居在姨妈家的生活感到不适，但很快便被水乡的柔情和苏州文化的精致所吸引，使他对这座城市萌生了喜爱。1945 年左右，他重回苏州读书，虽然时间短暂，但他深刻地理解了苏州古城的精致美感，并由此萌生了一生的热爱。1949 年，他以新华社记者的身份深入苏州的街头巷尾，细致入微地观察了苏州人的生活，进一步审视了苏州的文化魅力。这段经历让他对苏州有了更深的理解，也激发了他对文学创作的设想。不幸的是，在那个特殊的年代，陆文夫因"探求者"事件而被安排到苏州工厂接受改造。这次经历让他深入了解了苏

---

① 　陆文夫．深巷里的琵琶声：陆文夫散文百篇 [M]．上海：上海文艺出版社，2005：337．

州的工人群体，对那个时代的苏州有了深刻反思。这些感悟都在他以后的文学创作中得到了反映。1978 年后，经历了诸多波折的陆文夫终于在苏州稳定下来，成了真正的苏州人，被称为"陆苏州"。他的言谈透露出苏州的气质，节奏宁静，言辞不浮夸但独到。① 他的个人性格在苏州的文化熏陶下得以养成。他不仅在文学作品中塑造了苏州，还在现实中为苏州代言，例如创办《苏州杂志》和参与电视专题片《苏园六纪》《苏州水》的制作等等。陆文夫已与苏州水乳交融，形成了不可分割的整体。

在苏州这个"天堂"，最让陆文夫陶醉的便是那些"梦中的天地"——苏州的小巷。他曾说："我也曾到过许多地方，可是梦中的天地却往往是苏州的小巷。我在这些小巷中走过千百遍，度过了漫长的时光。"② 他将小巷分为两类：一类是冷清、庄严的小巷，另一类是热闹、富有生活气息的小巷。而他更偏爱后者。于是，他作品中就充满了这样的"小巷文化"和"小巷气息"。穿梭在这些小巷中的人们讲着吴侬软语，实诚满足，享受着古典园林的美景，品味着精致的美食，聆听着苏州评弹。通过苏州的小巷，可以深入探索苏州的历史和文化，这正是陆文夫在姑苏文化影响下的苏州书写特色。

"苏州城，一颗东方的明珠，一个江南的美人，娴静、高雅，有很深厚 的文化教养，又是那么多才多艺，历两千五百年而不衰老，阅尽沧桑后又焕发青春，实在有点不可思议。"③ 这是作家陆文夫在他的散文作品《人与城》中，对于他心中那座挚爱的古城苏州的赞誉之言。对于年轻时代的陆文夫而言，或许苏州是一个遥远、神秘的"梦中的天地"。然而，岁月流转，后来他在苏州度过了许多悲欢离合的岁月，亲手用文字勾勒了一幅幅关于苏州的画卷，共同构筑了文学史上独特的"苏州印象"。不言而喻，在这一过程中，这块土地对于他来说，已经不仅是一个梦幻的

① 　江曾培.营造"苏州园林"的陆文夫 [J].书城，1996（5）：10-11.

② 　陆文夫.梦中的天地 [J].中文自修，1997（10）：20-21.

③ 　陆文夫.深巷里的琵琶声：陆文夫散文百篇 [M].上海：上海文艺出版社，2005：190.

景象，更是一种深深的"恋"。这样的"恋"源于他对苏州文化深刻韵味的洞悉和感悟，是一种带着鲜明地域特色的"苏州情结"。这种特殊的情感或许可以借用著名诗人艾青的名篇《我爱这土地》中的呼喊来表达："为什么我的眼里常含泪水，因为我对这土地爱得深沉……"

## 二、 "小巷人物志"

陆文夫曾经深刻地表示："历史是人民创造的，但是历史的记载对人民是不公平的。不平凡的人可以进入史册，名不出闾巷的人在史册里是找不到的。……这个问题历史学家解决不了，文学家倒可以略助一臂之力，即让更多的平凡的人活在文学作品里。"[①] 这样的观点促使陆文夫深入苏州小巷，讲述那些常被忽视的"小巷人物志"，他将这些小巷视为察人阅世的"窗口"，通过它们来反映时代的风云变幻。在陆文夫的笔下，那些"小巷人物"虽然在家庭背景、身份经历、性格特质和爱好兴趣等方面各异，但他们同属于一种共同的文化背景，并在这一背景下展现了共同的特色。因此，通过对这些人物的描绘，陆文夫使我们得以更加真实、更加深入地理解和感受苏州文化对人们生活和心灵的深远影响。

陆文夫在描述苏州社会和文化时表明："其实我对苏州各式各样的民间行业很熟悉，也很有兴趣。"[②] 他塑造了一系列丰富多彩的"小巷人物"，其中涵盖工人、干部、商贩、医生、名伶、学生、教师等各种社会角色。例如，通过《小巷深处》中的纱厂女工徐文霞，《小贩世家》中走街串巷卖馄饨的朱源达，《美食家》中的美食家朱自冶、饭馆经理高小庭，《有人敲门》中的江湖郎中施丹华祖父、评弹演员尤琴母亲，《人之窝》中的青年学生许达伟和他的同窗好友们，《清高》中的小学教师汪百龄，《井》中的市井无赖朱世一等人物，展现了苏州人多样化的职业背景及人物特质。这些人物不仅多方位地体现了苏州人的性格特征、处事方式和生活

---

① 陆文夫. 陆文夫文集：第 5 卷 [M]. 苏州：古吴轩出版社，2009：106.
② 施叔青. 陆文夫的心中园林 [J]. 人民文学，1988（3）：125.

习性，而且多角度反映了苏州文化的精神特质。例如，《小贩世家》中的高先生与《美食家》中的高小庭展现出了识大体、顾周全、纯朴耿直等特质，而作品如《围墙》《献身》《特别法庭》中的一些人物则描绘了见风使舵、不务实际的典型形象。特别值得关注的是《美食家》中的朱自冶和高小庭这一对角色。朱自冶是一位沉迷美食的资本家，对他而言，吃，不仅是生存方式，也是一种人生审美态度，寄寓了生活情趣和生命快乐。与之相反，高小庭是一位纯朴、耿直的革命干部，从小就厌恶朱自冶的享乐主义。他们体现了苏州人性格特点的两个方面。对于苏州人的性格特点，陆文夫认为，其优点在于"温文尔雅""处世通达""精巧细致"，而缺点则体现在过分"追求闲适与安静"，缺乏"开创的胆识与力争的决心"。[①] 总之，陆文夫通过描绘一系列生动的小巷人物，为我们呈现了苏州社会的复杂性和多样性，以及苏州文化精神特质的深度和广泛性。他的作品不仅展现了苏州人物的鲜活特点，而且通过这些人物透视了苏州社会与文化的复杂内涵。

### 三、"小巷小说"的格局与内蕴

陆文夫在对文化的定义中指出："文化是个广义词，它不仅仅是写在纸上的东西，举凡园林、建筑、吃的、穿的、用的、玩的，仔细推敲起来，无一不和文化有关。"[②] 在这一观点的指导下，苏州的园林、建筑、美食、评弹等被理解为苏州文化的物质载体，并深刻地影响了陆文夫的文学创作。陆文夫的"小巷小说"是在这些文化载体的背景下塑造的，这些元素构成了作品的景观和气氛，反映了苏州文化的曲折与婉转、精巧与雅致。如同山水园林的布局、亭台楼阁的构建、刺绣评弹的艺术手法，他的小说在结构和表现手法上极具苏州文化的内蕴。

苏州不仅为陆文夫提供了故事的素材和人物的原型，更深层次地塑

---

① 陆文夫.陆文夫文集：第4卷[M].苏州：古吴轩出版社，2009：282.
② 陆文夫.《苏州文化丛书》总序[J].苏州大学学报，1999（4）：141.

造了他的创作思维和文化氛围。苏州与他的关系不仅仅是表面的描写和描摹，而是深入了他的思考和创作的本质层面。对于这种与地域文化的深度融合，陆文夫自己也有深刻体会，他说："离开了苏州就无法写作。"①

陆文夫的文学创作始于 20 世纪 50 年代，并见证了六七十年代的社会变迁。这条特殊的历史轨迹不仅成为他作品的背景，更深入地渗透进了小说的主题和人物塑造中。他的作品通常以"小人物"的视角勾勒出几十年的历史变迁，并展现了背后的历史印记。例如，《小巷深处》虽然以徐文霞的爱情故事为主线，但其背后所反映的社会弱势群体在新时代的尴尬处境深入地揭示了时代的社会现实。同样，《小贩世家》通过描写朱源达的小贩经历，深入挖掘了弱势群体在时代潮流中的命运，以及知识分子"我"的人生轨迹变化，成为对那个特殊年代的忠实记录。除了对历史和社会现实的敏锐洞察，陆文夫的作品还在文化层面上进行了深入探讨。他关注传统文化与现代文化的冲击和碰撞，以及这种冲突对人物命运和人际关系的影响。例如，《人之窝》中童养媳阿妹与画家朱一品之间荒唐的感情，以及许达伟"大庇天下寒士"的理想在残酷现实面前的破灭均反映了传统与现代、理想与现实之间的复杂纠葛。陆文夫的小说不仅是对特定历史时期的生动再现，更是对社会、文化、人性等多层面现象的深刻挖掘和思考。通过对"小人物"命运的关注，他展现了一个时代的风采，反映了社会的复杂性和多样性，以及人们在历史与文化洪流中的挣扎和探寻。他的作品既是历史的镜像，也是文化的反思，为我们提供了理解那一时代的重要视角。

陆文夫的小说结构与布局在很大程度上受到了苏州园林文化的影响与启发。他的作品采用了系列组合的体式，形散意合，展现了舒展自如的艺术风采。这种独特的结构不仅使作品之间相对独立，也实现了彼此之间的关联。学者范伯群和季进曾指出，陆文夫的作品构成了一种苏州

---

① 　徐采石 . 陆文夫作品研究 [M]. 北京：中国文联出版公司，1987：16.

园林式的"建筑群落"。① 苏州园林以曲折迂回、淡雅别致、幽婉深邃的特质而著称。陆文夫在小说创作中充分借鉴了这些特点，将隐而不露、曲径通幽等园林造景手法运用于文学结构之中，构建了一个个文学世界中的"苏州园林"。例如，《小贩世家》《小巷深处》《围墙》《美食家》等作品都取材于平凡人物的日常生活，运用园林式的组合手法构建了小巷人物系列，展示了一段时期内人物命运的变化，同时深入地反映了地域风情，并探讨了历史与现实交错中社会变动对普通人生活的冲击和影响。长篇小说《人之窝》更是体现了陆文夫在叙述结构上的探索与创新。小说采用了章回体的形式，分为上下两部分，共计 59 回，时间跨度长达半个多世纪。作品描述了许家大院在不同历史时期和社会境遇中的生活变迁，展现了从最初的尚书宅院到后来的市井杂院的演变。生活在其中的人物包括许家后人许达伟以及造反派汪永富、文痞尤金、胖嫂吴妈等"外来户"，他们的命运纠葛围绕着许家大院而展开。作品在人物、场景、语言等方面都展现了浓郁的"苏州味"。

陆文夫的小说创作不仅在结构和布局上受到苏州园林文化的启发，更在描绘具有苏州地域特色的物质空间方面展现了深入洞察。苏州小巷作为这一地区典型的物质空间之一，被陆文夫灵活运用，构成了他笔下人物的主要生活场所，并借此展示了浓郁的苏州地域风情。例如，在《小巷深处》中，作者描绘了这样的场景："城市的东北角，在深邃而铺着石板的小巷里，有间屋子里的灯还亮着。灯光下有个姑娘坐在书桌旁，手托着下巴在凝思。……是秋雨连绵的黄昏是寒风凛冽的冬夜吧，阊门外那些旅馆旁的马路上、屋角边、阴暗的弄堂口，闲荡着一些打扮得十分妖艳的姑娘。"② 在《小贩世家》中也有相似的描述："只记得三十二年前，我到这条巷子里来定居时，头一天黄昏以后，便听见远处传来一阵阵敲

---

① 范伯群，季进．读《陆文夫的艺术世界》兼析其批评原则 [J].苏州大学学报，1990（3）：141-142，140.

② 陆文夫．小巷深处 [M].上海：上海文艺出版社，1980：68.

竹梆子的声音，那声音很有节奏：笃笃笃、笃笃、嘀嘀嘀笃；……我推开临街的长窗往下看，见巷子的尽头有一团亮光，光晕映在两壁的白粉墙上，嗖嗖地向前，好像夜神在巡游。渐渐地清楚了，原来是一副油漆亮堂的馄饨担子，担子上冒着水汽，红泥锅腔里燃烧着柴火。"① 这些描绘展现了幽深小巷所蕴含的平凡人家的冷暖情感，也反映了苏州地区的文化地理特征。除了小巷，陆文夫的作品还充分展现了苏州的其他文化地理符号，如沧浪亭、水码头、干枯的井，以及临街的窗等。正是通过这些具有地域特色的物质空间的精细描绘，陆文夫成功地传达了苏州城的独特韵致，并将读者引入了一个富有文化氛围和地域特色的世界。

苏州的评弹艺术在陆文夫的小说创作中具有深远影响。评弹是一种地域特有的表演艺术，使用苏白方言，具有幽默、风趣、句式整齐、感情细腻的特点，历史悠久。它常常以苏州常人小事为主题，灵活多样地描绘人物的内心活动和社会变迁。陆文夫对于评弹的独特魅力有深入的理解和欣赏，他曾表示："我一直把苏州评弹当作口头文学，当作有声有色的小说；学习它语言的幽默生动，学习它的叙事、结构和刻画人物的各种手法，在欣赏之中获得多种教益。"② 通过对评弹的研究和吸收，他的小说在句式、叙述和人物刻画上都展现了明显的评弹风格。例如，在《美食家》中，他运用了评弹的第三人称全知视角来描述："美食家这个名称很好听，读起来还真有点美味！ 如果用通俗的语言来加以解释的话，不妨了：一个十分好吃的人。"接下来，他以小说人物高小庭的身份发表看法："首先得声明，我决不一般地反对吃喝；如果我自幼便反对吃喝的话，那么，我呱呱坠地之时，也就是一命呜呼之日了，反不得的。"有时还以主人公朱自冶的视角切入："一碗面的吃法已经叫人眼花缭乱了，朱自冶却认为这些还不是主要的；最重要的是要吃'头汤面'。千碗面，一

---

① 　陆文夫. 小巷人物志 [M]. 北京：中国文艺联合出版公司，1984：91.

② 　陆文夫. 深巷里的琵琶声：陆文夫散文百篇 [M]. 上海：上海文艺出版社，2005：333.

锅汤。"陆文夫的这种叙述方式与评弹的叙述风格相一致，既能表现人物细腻的内心活动，又能以旁观者的身份进行议论抒情。评弹的细腻温婉、说书人的吴侬软语以及穿插的幽默故事不仅是苏州人的文娱方式，也是他们的生活艺术。

陆文夫的小说创作展现了人物的多重立体性，美丽与丑陋、善良与恶劣相互交织。这一特色源自他对人生复杂性的深刻理解，表现了人生的甜美与苦涩并存，以及喜剧与悲剧的交融。他的作品既对社会黑暗现象进行了批判和鞭挞，也展现了人性的光明面；既引发读者的笑声，又激起深思。这一独特的创作风格被称为"糖醋现实主义"①，它体现了苏州地域文化精神与作家个人审美方式的有机融合。例如，在《围墙》一文中，作者通过描述设计院围墙的修建过程，揭示了现代派、古典派和实用派之间的争论。然而，最终是实干家马而立迅速修建了围墙，并赢得了领导的赞誉。这一情节既是对空谈者的讽刺，也是对实干者的褒扬。在《美食家》中，通过描写主人公高小庭从反对美食到重新审视美食的转变，深刻展示了苏州美食文化和主人公朱自治命运的起伏变化。《唐巧娣翻身》则通过女主人公唐巧娣对文化知识态度的变化，以及其对小巷人物保守思想的戏谑和嘲弄，展示了人物内心的复杂性和转变。陆文夫的小说通过对人物性格的丰富描绘，展示了人性的复杂多面性，形成了一种具有地域特色的审美方式。他的作品不仅揭示了社会现实的复杂性，还体现了人物内心的丰富与变化，从而创造了一种既甜美又带有酸涩的独特现实主义风格。这种风格既是苏州文化精神的反映，也是作者个人审美追求的体现。

每一座城市的文化都倚赖特定的物质载体。若武汉有其码头，上海以石库门为代表，北京则以四合院显赫，那么对于苏州来说，小巷无疑成了这座城市文化的象征。陆文夫作为作家，敏锐地捕捉到了苏州文化的核心载体，通过融合苏州园林、评弹、刺绣等元素，将这一地域文化

---

① 陆文夫.小说门外谈[M].广州：花城出版社，1982：41.

直观地展现在他的文学作品中，从而凸显了吴越文化的含蓄与精致。王蒙有言："苏州因他而更加苏州。文夫因苏州而更加文夫。一方水土养一方作家，一方作家作品使得这一方水土更加凸显特色。"①

综观陆文夫的创作，无论是园林、小巷、评弹还是美食，他的文字均体现出苏州文化的精巧、内敛、温婉之特点，不仅在思想内涵上展现了深刻的文化积淀，其外部艺术形式也受到了苏州文化精神气韵的深刻熏陶和影响。正是通过这样的文化渗透与融合，陆文夫成功塑造了"小巷小说"的独特格局与精神内蕴，为苏州地域文化的传播与弘扬做出了贡献，同时反过来丰富和发展了自身的文学实践与审美追求。

# 第三节 范小青笔下的"闾巷风情"

## 一、苏州闾巷的市民形态

范小青作为地域文化的代表人物，对苏州地域文化的描绘展现了一种特殊的人文意识。她笔下的苏州城市形态是一种综合的文化表现，以日常生活与民俗生态为纽带，将苏州的历史、文化、风俗和人物精致描绘，构建了一种深刻的文学空间。范小青的苏州书写旨在通过微观的角度勾勒苏州的文化性格和风貌，彰显了其小巧精细、柔和淡远、雅致秀丽、灵动飘逸的文化特点。虽非苏州"土生"，但苏州"土长"的身份使她深入体验了苏州的园林草木和闾巷风情，从而充实了文学想象。正如范小青的父亲所说的："她三岁到了苏州，一待四十多年，走遍了大街小巷，饱餐了湖光山色园林美景，裤裆巷、采莲浜、锦帆桥、真娘亭、钓鱼湾、杨湾小镇……成为她的书名或在书中出现的时候，读者一看就知道写的是苏州。……她的作品里描述的幽深的小巷、典雅的园林、精美

---

① 王蒙．永远的陆文夫 [M].上海：上海远东出版社，2006：18.

的工艺……无不展示出苏州的精美特色。"① 她的苏州描写也通过对现实的深入挖掘，将苏州的文化特色生动展示了出来。

范小青的小说以新旧交替的"老苏州"为背景，通过精细观察，记录了苏州人的言行，如《裤裆巷风流记》中的阿惠和《老岸》中的巴豆等人物形象。这种坚韧的品质并非偏执，而是一种韧性力量，体现了苏州人的处事态度和崇高信念。范小青在《走不远的昨天》里这样阐释苏州人的文化性格："曲径通幽、以少胜多，恰恰也正是苏州人的性格特征。你看一看苏州人吧，乍一看，他们脸上似乎浮现着平和的微笑，但你一旦走近他们，了解了他们，你就会知道，在这平和的背后，是他们坚持不懈的奋斗精神。"② 所谓的坚韧并不是指苏州人的偏执或固执，而是一股韧性的力量，这种力量包含着苏州人的为人准则、处事态度以及崇高信念。

范小青在她的作品中描绘了原生态的生活，其中并不只包括和谐的景象，还包括琐碎的矛盾和争吵。这一方面展示了苏州人的韧性，另一方面细致刻画了其性格中的某些"缺陷"。然而，这些所谓的"缺陷"并不导致人们的厌恶，反而增加了作品的生活化和真实感。正因如此，这些特点反映了世俗人生的真实状态。例如，在《裤裆巷风流记》中描述了三子的婚礼宴席场景，那些相处多年的邻居们在小心地享用自己桌前的食物时，他们斤斤计较、精明自私的性格特点被完美捕捉。在《医生》一文中，虽然汤医生与金医生都以医术高明而著称，但他们对于病人事先曾就医于其他医生这一事实的不满情绪也同样揭示了他们的"小家子气"性格。范小青在塑造人物形象时并未回避这些性格的展示。苏州的小巷以其小巧玲珑和曲径通幽的特点而著称，正如古人所描绘的："山重水复疑无路，柳暗花明又一村。"因此，"小"自然成了苏州人生活的本质和底色，过生活也就被戏称为"过小日子"。

---

① 范万钧.我家有女 [J].时代文学，2001（6）：72-75.

② 范小青.走不远的昨天 [M].长春：吉林人民出版社，1998：281-282.

在范小青的作品中，苏州市民所展现出的不仅是小家子气和斤斤计较的一面，还有一种淡然、从容的文化性格。苏州被誉为"东方威尼斯"，其文化基因中融入了水的淡泊和柔性特质。在她的小说中，有许多人物形象都体现了这样的特点，他们处世淡泊、为人随和、善于自我调适。例如，在《临时的工作》中，年迈的主人公周先生在县文化站做了一辈子的临时工，虽然工资微薄，生活困苦，但这并没有削减他对工作的热忱和对生活的热情。他从心底里热爱着这份工作，对自己的临时工身份毫不介意，能够平静地面对世俗人生。在《嫁妆》中，主人公丫头是苏州小巷里的普通女工，她淡泊、随和，对自己的嫁妆并不奢求，只要有一台彩电，她便心满意足。当她因工作出色而获得奖金，实现了买彩电的梦想时，我们看到了一个满足现状、寻求简单幸福的形象。还有《晚唱》里的余觉民、《清唱》里的蒋凤良、《文火煨肥羊》里的梅德诚、《光圈》里的蒋伯行等人物，他们都是苏州小巷中的平凡人物。尽管从事着不同职业，但他们的共性显著，那就是都为人低调、处世淡泊。

范小青笔下的人物总是平凡甚至渺小，他们没有远大的志向，也没有惊人的伟业。然而，他们追求的是一种安稳的人生，满足于眼前的状态。这些人物的描绘不仅展示了苏州人的柔性和淡泊的人生态度，还揭示了一种平凡而真实的人性美。通过对这些日常生活中的普通人的描绘，范小青成功地捕捉了人们内心深处的愿望和情感，以一种朴素而感人的方式展现了人性的温暖和力量。

## 二、苏州地域文化景观

地域文化与地域小说之间的互动关系呈现出一种双向性质。一方面，地域文化作为一种底层母体，无声地塑造了作家的思维逻辑与经验结构；另一方面，作家对地域文化的文学解读将其转化为叙事资源，成为其关注的焦点。通常来说，某一地域小说的文化景观是其与其他地域小说区别的本质特点，例如鲁迅小说中的"酒馆"、沈从文的"渡口"、老舍的"胡同"、王安忆的"弄堂"、陆文夫"小巷"等。同样地，范小青的苏州书写也显露出其特有的地域文化景观，如"幽远小巷""清闲茶馆""沧桑老井""小桥流水""粉墙黛瓦"等，一些作品更是直接以地名命题，如《可过桥》《灰堆园》《六福楼》《鹰扬巷》《锦帆桥人家》等，无疑这些富含苏州地域特色的文化景观赋予了范小青的文学作品以浓厚的"苏"味。

其中，小巷被视为苏州最具代表性的地域景观之一。同陆文夫的作品类似，小巷成为范小青描述苏州日常生活的主要场景之一。例如在《小巷静悄悄》中，小巷的特色是"静"和"幽"，形容如下："弄堂又深又窄。不是笔直的，稍微有些歪歪扭扭，一眼看不到底，但不拐弯，拐弯便是另一条弄堂了。站在弄堂口朝里望，弄堂可怜兮兮的又细又长，瘦骨伶仃，倒像是典型的苏州小伙子的一个夸张的写照。"诸如此类的描绘展示了苏州小巷幽深静谧的特性，滋生出充满"幽怨"的故事情感。

苏州小巷早在春秋战国时期便逐渐形成，经过两千多年的演变，逐渐塑造成苏州最具地域标志性的物质文化形态。这些小巷极富苏州地域特色，结构狭窄，环境幽长，闭合而内向。一个小巷中常常聚居着七八户人家，虽然环境拥挤，但人际关系相对亲密与热闹。在《设置障碍和跨越障碍》中，范小青这样描述："许多年，我在苏州狭窄闭塞的小巷，每天看到听到的大都是些相同的事情。早晨，老太太买菜，老爹孵茶馆，年轻人急急忙忙去上班，小孩子睡意朦胧去上学。白天，小巷很安静，偶尔有一两声婴儿的啼哭和广播书场的说唱。到夜晚则成为麻将和电视的世界，日复一日，年复一年，单调而机械，我扎在这里面不能摆脱。"① 这些描绘不仅展现了小巷作为苏州文化的缩影，也彰显了它作为范小青文学想象的空间载体，正是因为小巷蕴含了苏州的历史变迁和市井生活，使其成了作者的情感寄托之地。

---

① 范小青.设置障碍与跨越障碍[M]// 秦雯，邹启凤.范小青卷.上海：复旦大学出版社，2008：17.

走出狭窄的日常生活小道，苏州人最常涉足的场所便是茶馆。在苏州，茶馆无处不在，市区有茶楼，小巷有茶摊，园林有茶座，特别是在古老的街道和巷弄中，随处可见茶馆的身影。谈到苏州的茶馆，自然就会联想到评弹、昆曲和地方美食。与三五知己一同"孵茶馆"，听评弹昆曲，享用精致的小吃，这便是苏州人平日里最喜欢的休闲方式。自西汉时期起，苏州的花茶便声名远播，以其选材考究、工艺精湛和严格的窨制方法而受人称赞，风格独具鲜、灵、爽、醇之美。茶馆在苏州文学作品中也占据了特殊地位。范小青的许多作品都以茶馆为背景，例如《临街的窗》中的老虎灶、《夺园》中的知音轩、《城市表情》中的馨香厅等。与日常饮食的狭窄私密空间相对，茶馆则成了热闹开放的公共场所。在她的文字中，弄堂里的老虎灶焕发新生，兼具商业气息；钱三官在《六福楼》中总是在茶馆为人排忧解难，借助"吃茶"的仪式化活动化解纷争；《裤裆巷风流记》则描绘了茶馆同时兼作书场的景象，成了苏州文化的缩影。在苏州，人们称在茶馆里慢慢品茶为"孵茶馆"。这是一种悠闲自得的方式，展示了苏州文化的精致和舒缓。当然，随着时代的进步，茶馆的功能也在不断演变。茶馆内聚集着形形色色的人们，从平民百姓到商贾艺人等，苏州的评弹和书场也在这种环境下逐渐壮大。范小青在《苏州茶馆里的苏州评弹》一文中如实地描绘了这种场景。

苏州被人们誉为"东方的威尼斯"，以其河渠密布、湖泊交错的水系景观而著称，从而诞生了与水密切相连的"桥"和"井"。这些包括"小桥流水"和"古井青苔"在内的特色地域景观为苏州赋予了江南特有的地理风貌。正如杜荀鹤所言："君到姑苏见，人家尽枕河。古宫闲地少，水港小桥多"（《送人游吴》），以及唐寅的描绘："古人行处青苔冷，馆娃宫锁西施井"（《江南春·次倪元镇韵》）。作家范小青的苏州想象深受这些景观的影响。在她的《沧浪之水》一文中，沧浪巷、沧浪亭、沧浪水的由来逐渐展现，体现了水与城市相互依存的关系："从前这地方肯定是没有沧浪巷的，就是现在，这城里的人也未必都晓得沧浪巷。而沧浪亭，却是人人皆知的。所以，大家想，沧浪巷必定是由沧浪亭而来；沧浪亭，则说是由沧浪之水而来。那么沧浪之水呢，由何而来？没有人晓得沧浪之水。这地方水很多。"此外，《走过石桥》《船出杨湾港》《顾氏传人》《蓬莱古井》等作品中，水乡的形象、桥梁的象征、古井的寓意不仅丰富了文学描绘，而且弘扬了苏州文化的温润美感。水的柔韧特性、桥的优美曲线、井的深邃神秘共同塑造了苏州文化的柔美品格。它们不仅反映了地域的自然景观，而且成为范小青小说中鲜明的"苏味"符号，将古老的姑苏风物与现代文化情感相互交融。

## 三、"吴侬软语"中的"苏味"

"吴侬软语"常被用以形容苏州方言，其特点在于柔和、婉转，富有音韵美感。在尤玉琪的《三生花草梦苏州》中描述了这一方言的特质："吴音，自古称为吴侬软语，一向有'软''糯''甜''媚'之称，说起来婉转动听，尤其是姑娘们讲话时的发音一波三折，珠圆玉润。据外地人说即使她话已讲完，而仍有余音袅袅之感。"[①] 作家范小青从小沉浸在这一"吴侬软语"的氛围中，她的文学创作中常常以苏州话的方式进行人物描写和情感抒发。

首先，范小青在作品中借鉴了古代书场话本的"入话"方式，用苏州话进行故事情节和人物性格的婉转铺陈。例如，《天砚》开篇对地脉岛的描述："地脉就在这座小岛下面。地脉岛上有一个洞穴，直潜水底，深不可测，并且无所不通，怎么个通法呢，据说是'东通王屋，西达峨眉，南接罗浮，北连岱岳'，所以号称地脉。"[②] 此外，《听客》和《平安堂》的开头同样借用了苏州话的婉转流畅，对老桥和平安堂的历史背景进行了生动形象的介绍。范小青的小说在人物描写和叙事开篇的铺垫阶段，常常以评弹说书的手法娓娓道来，流畅自如地展开。她或讲述富有地域

---

① 尤玉淇 . 三生花草梦苏州：吴门话旧录 [M]. 南京：江苏古籍出版社，1994：46.
② 范小青 . 天砚 [M]. 北京：人民文学出版社，2016：15.

特色的典故传说，或描绘风土人情，从而营造出一种舒缓悠远或市井烟火的氛围，为故事叙述铺设背景。这种写作方式与苏州温婉平和的腔调相得益彰。通过融合传统的说书风格和本地的文化特点，范小青成功地捕捉了苏州地域文化的精髓，并将之注入文本中。这不仅丰富了小说的艺术内涵，还增强了地方文化的魅力和感染力，为读者呈现了一幅生动鲜活的苏州风貌图景。

其次，范小青在其小说创作中有意识地大量采用苏州方言和俚语来描绘人物和环境，将地域文化因素融入文本中。方言俚语作为最具标志性的地域文化元素，赋予了人物鲜明的地域身份和生活气息。例如，《身份》中的"老隔年"、《瑞云》中的"好婆"、《真娘亭》中的称呼"娘娘""姨娘""阿爹""女小人""乖囡"等，以及《光圈》中的"戆大"。此外，《裤裆巷风流记》更是全方位使用苏州方言俚语的代表，涵盖了建筑、饮食、动作、性质状态、叠词等方面，具体如下：

建筑类方言俚语：库门（房屋最外面的门），天井（房屋内部用来采光、排水的露天空地），阊门（古城的西门），门厅（进门大厅），隔厢（正房两旁的小房），灶屋（厨房），过堂（吃饭的地方），宅屋（住房）等。

饮食类方言俚语：宫饼、干贝、糕团、苏式蜜饯、凤翼鸡片等。

动作类方言俚语：轧（挤）、相骂（吵架）、淘（结伴）、眼热（羡慕）、出脚（外出）、打棚（开玩笑）、吃瘪（碰壁）、搁僵（停止）、台坍光（丢脸）、插蜡烛（出意外）、吃牌头（受责备）、找脚路（托关系）等。

性质状态类方言俚语：头挑（最好的）、精当光（丝毫不剩）、蹩脚（差的）、挺括（有精神）、不上路（不像话）、老卵（得意）等。

叠词类方言俚语：清清爽爽、叮叮当当、克克扣扣、明明亮亮、笃笃刮刮、啰啰唆唆、爽爽气气、暖烘烘、酸溜溜、乌糟糟、寒丝丝、胖笃笃、瘦精精、死沉沉、空落落、糯答答、直辣辣、火冒冒等。

　　通过这些方言俚语的运用，范小青成功地营造了浓郁的苏州地域风情，并塑造了生动典型的人物形象，展现了独特的审美意蕴。这些方言和俚语不仅让作品弥漫着苏州地域文化的气息，而且相较于普通话，它们更富有表现力和感染力，为读者展现了一幅生动鲜活的苏州人文景观。

　　最后，范小青的小说叙述语言深受苏州白话（即"苏白"）的影响，这一特点主要体现在其朴实平淡、亲切自然的风格特征上。例如，在《平安堂》中，作者以平实的语言描绘程老先生到平安堂坐诊的情景，传递出人物的真实感受和平常心态："程老先生到平安堂坐堂问诊。程老先生说，我去坐堂，主要是解解闷气，退休在家里，没事，闷得很。这是真话，老先生也不在乎几个挂号费，和医院四六分，医院拿四，先生们拿六。程老先生说，我主要是解解闷，平安堂是个好地方。"

　　在《岁月》中，通过梁秋美和余小草从学生时代到工作的渊源描写，展现了人物间微妙的情感和缘分："梁秋美和余小草高中毕业，分到同一个商场，又分到同一个柜台卖鞋。大家说这样的情况不多，从小学同到大学的也有，同到一个单位又一个柜组的却不多见．看看她们俩，也看不出有什么相同之处，长得也不一样，性格脾气也有差别，就说，这也算是缘呀。梁和余你看看我，我看看你，笑，说，缘呀，缘什么呢。"

　　在《坟上花》中，对苏州人上坟习俗的深入解读揭示了地域文化与日常生活的交织关系："清明上坟，前七后八。上坟最好是清明正日。但清明这一日，公家是不放假的，一家老老少少就不一定全部抽得出空。碰着点什么事，就要耽搁了。讲起来，总归活人的事比死人的事要紧，所以就有前七后八的说法。大多数人就选在清明前的一个礼拜日，因为大家都这样想，所以这一日上坟的人就特别多，到了清明正日，人反而少了。"

　　樊星认为："在用苏州方言传神描写苏州风韵方面，范小青也许是迄今为止最成功的一个。"[①] 这一观点揭示了范小青对苏州方言的精准运用

---

①　樊星．"苏味小说"之韵——陆文夫、范小青比较论[J]．当代作家评论，1993(2)：109-115.

和深入挖掘。她的"苏白"式叙述风格仿佛苏州评弹或书场说书，常以不紧不慢的节奏开篇交代人物、事件的背景，然后慢条斯理地展开叙述，将人物的生活气息和市井情感浓厚地呈现出来。这种叙述方式不仅构建了鲜活的人物形象，还让读者产生了一种日常的亲近感。范小青通过运用这种"吴侬软语"，成功地营造了充满"苏州味"的文学氛围，展示了苏州地域文化的独特魅力。

# 第八章　都市文学中的
## 都市刻画——深圳

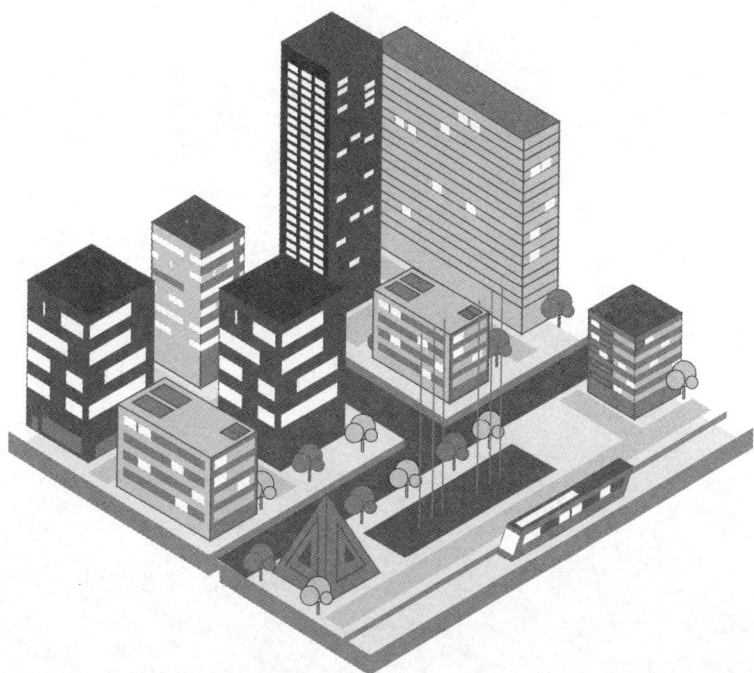

# 第一节　深圳的城市化与现代都市建设

自从被定位为中国的第一个经济特区以来，深圳一直是中国改革开放的前沿阵地。从一个小渔村迅速转型为国际化大都市，深圳的城市化进程与中国的改革开放历程紧密相连。此阶段的深圳形象也反映在文学作品中，改革之初，刘学强的纪实散文《红尘新潮》展现了一个充满生机的先锋特区。作者在书中着力宣扬"敢为天下先""应做就去做""无功就是过"等特区青年的新观念，在当时产生了重大反响。刘学强的《飞腾时代的明白人》、赵军的《魂兮中华》、陈荣光的《梁湘在深圳》更是展现了特区建设者勇于开拓的精神。段亚兵在《创造中国第一的深圳人》中，从不同维度展现了深圳在中国改革开放中走在时代前列的先锋形象，同时用丰富的情节刻画了深圳形象，着重突出深圳人敢闯敢干、敢为人先和拓荒牛的精神。《创造中国第一的深圳人》主要以"创意城市"和"创新先锋"的结构形式，从"创造第一"的视角全方位描述深圳在政治、经济、文化与社会等方面所取得的辉煌成就，使人获得对于深圳城市形象的"全身立体照"效果。

深圳是中国的高科技产业中心，涵盖了消费电子、互联网、生物科技等众多现代产业。公司如华为、腾讯等在此诞生和成长，推动了深圳从传统制造业向高科技产业的转型。这一现代化进程也反映在一些文学作品中，例如何常在的《浩荡》，就是一部反映改革开放变迁的现实主义题材作品。该作品讲述了深圳特区成立初期三个小人物的创业成长史，通过主要人物在商战中成长的故事，反映了改革开放四十年以来深圳的发展与兴盛。

深圳的城市化进程并非偶然，而是受到了多重因素的推动。包括政策的扶持、战略的定位、资本的流入、人才的会聚等。其中，国家政策的支持是最主要的驱动力，特区政策为深圳提供了独特的优势和开放性，吸引了大量的投资和企业。面对快速的城市化进程，深圳采取了一系列现代化的都市建设策略，城市规划与设计、基础设施建设、生态环保、社会治理等方面都走在了全国前列。例如，深圳致力于构建一个高效、便捷的交通网络，也重视绿色建设和可持续发展。

随着深圳的城市化进程，它也在文化上寻找并建构了自己的独特身份。深圳并不满足于仅仅是一个经济特区，它也希望在文化和艺术上有所建树。因此，深圳开始投资各种文化项目，如博物馆、艺术中心和公园，以展示其独特的城市文化和历史。深圳的城市规划和建设迅速推进，高楼大厦、现代化交通、绿化环保等都彰显了一个现代都市的形象。然而，文化的碰撞与融合也引发了一系列社会问题。例如，城乡差距、代际矛盾、社会阶层分化等问题在深圳尤为突出。这些问题反映了现代都市化进程中人类与自然、现代与传统之间的张力。文学在揭示深圳的社会文化特征方面扮演了重要角色。南翔的作品《消失的养蜂人》探讨了都市化进程中城市与自然、现代与传统之间的张力。通过描述一个城市养蜂人的消失，作品揭示了城市发展与自然、传统的冲突。

深圳呈现出一种与众不同的历史背景。尽管它在历史长河中相对年轻，但该城市在近代已显露其特性和重要性。始于改革开放政策的推动，人们从各地迁徙至此，见证了城市的飞速变革，体验了由此带来的心理和身体的重塑。深圳的都市生活既蕴含了机遇与活力，也为追梦者提供了无尽的可能性，从而产生了丰富的人文故事和社会现象。孟繁华指出："深圳作为新兴的一线城市，作为新文明崛起的一个'个案'，具有鲜明的典型性和代表性。新文明构建过程所有的问题在深圳都可以轻易地找到或看到佐证。"① 由此，深圳在社会文化和心理层面上都蕴含着深厚的

---

① 　孟繁华. 现代性难题与南中国的微茫 [J]. 文艺争鸣，2013（11）：90—95.

文学潜力。这座城市的多重维度与复杂性为其提供了一个独特的城市文学基座。通过探索和挖掘深圳的文学资源，可以建构一个具有当代意义的城市书写审美体系，使其在艺术领域中也赢得一席之地。

# 第二节 深圳在都市文学中的表现

## 一、真实地理坐标与城市空间：深圳在吴君小说中的表现

在吴君的文学作品中，深圳这座城市成了一个引人注目的表现对象。吴君通过对真实地理坐标的精确描写，如"华强北""天鹅堡""关外""百花二路"等，构建了深圳的文学版图。这些熟悉的地名不仅呈现了深圳的地理空间，也为小说的虚构世界提供了真实的锚定。吴君的作品以真实地理坐标为基础，构建了一种具体化的文学空间。她将深圳的各个地点与虚构的人物和故事紧密连接，打造了一个相对完整的文学意义上的深圳版图。这样的选择并非偶然，而是有意识的创作方向。吴君对此的解释是，她希望通过这种方式，将深圳的所有地方汇聚起来，使人物之间产生内在联系，使读者能够在真实空间中与虚构的人物相遇。

吴君可能并未意识到她的作品在无意中为深圳文学开辟了一种新的城市书写方式，即从城市空间角度进行切入。在文学史上，城市书写常常从时间角度展开叙事，通过时光的流转来描绘城市的沧桑与变迁。在那些具有漫长历史的城市中，作家可以通过几代人的轮回来展现史诗般的悲壮画面。例如，《悲惨世界》对巴黎的描写、《长恨歌》《繁花》对上海的描绘、《朱雀》对南京的勾勒等。这些作品中的城市形象都凝聚了悠长岁月的沉淀，孕育了一种独特的美学意义。布罗茨基在《一座改名城市的指南》中所言，"圣彼得堡太年轻了，不足以建立安慰人的神话学"，就反映了一个只有四十年历史的城市如何难以从时间角度深入揭示其肌理与内在。因此，对于深圳这样一个相对年轻、缺乏深厚历史底蕴的城

市来说，空间角度的切入自然成了吴君书写深圳城市文学的合适选择。她通过将人物置于空间之中，而非时间之中，成功地突出了人物的个性特点。李德南认为："作为在改革开放三十年中迅速崛起的新城市，深圳缺乏深厚的历史底蕴。它是一座快速成型的城市，给人的感觉，正如一部按了快进键的电影。它所经历的时间过于短暂，几乎是无历史感的，也是无时间的。它只有今生，而没有前世。因为历史感的缺失，空间的效应则更为突出。深圳作为一座城市的魅力，不是源自时间而是源自空间，尤其是具有童话色彩、理想色彩的公共空间。"[①] 吴君则敏锐地捕捉到了深圳地理空间下隐藏的各类人物和他们的故事，以及其中涉及的丰富社会议题。她在深圳的地理空间中虚构了人物，营造了虚拟的氛围，使得这些人物在特定场景中栩栩如生，富有韵味。此外，她的作品中不同人物之间也如同她所期望的那样，具有某种内在联系，从而使其深圳系列小说构建了一个相对完整的文学意义上的版图。

在《关外》与《皇后大道》这两部作品中，作家不约而同地构建了一种二元对立的空间场景，创造了两个彼此对照的价值标准，从而形成了一种二元结构模式。这种模式在作家的创作中已成为一种稳定的结构形态，深深植根作品之中，并成为作品的主要线索，也是人物行动的界限和约束。在这里，空间不仅仅具备物理属性，而是充满了经济、政治和文化的含义。在这两部作品中，深圳并不是被描绘为一个完整、一体化的空间。虽然作为现代意义上的国际化都市，深圳理应是一个统一的空间，但作家却将其划分成了多个层次各异的小空间。这些小空间既相互交织，又各自独立，它们之间的交流和渗透显得极为困难，甚至似乎是不可能完成的任务。因此，这些被作家标识的空间实际上代表了社会的阶级结构和贫富差距。这一独特的构造方法既丰富了作品的内涵，也使得读者能够从一个全新的视角来审视现实世界中的文化现象。

----

① 李德南. 小说：问题与方法 [M]. 广州：花城出版社，2017：46.

## 二、蔡东小说中的城市私人空间

城市文明强调了私人空间的重要性。正如西美尔在《大都会与精神生活》中所提到的："现代生活最深层次的问题来源于个人在社会压力、传统习惯、外来文化、生活方式面前保持个人的独立与个性的要求。"私人空间的确立与尊重成为保持个人独立和个性的重要组成部分，特别是在城市环境中，相较于乡村，这一问题尤为显著。

在文学创作中，蔡东的作品反复强调了私人空间的价值。可以说，对于私人空间的拥有和尊重是文明进步的一种表现，因为它代表了对个体意识的尊重。然而，这也标志着对传统乡村伦理的一种埋葬，那些基于大家庭的、亲近无间的文化伦理在城市化过程中逐渐消退。这一现象展现了一种悖论，无法简单地用好与坏的二元对立来评判。或许我们正在失去一种文明，但也在建构一种新的文明，这种转变中，对私人空间的尊重成了城市文明的标志。例如，在《我想要的一天》中，"高羽也一直保有一个上锁的抽屉"，而妻子麦思"像所有老练的妻子一样，视而不见"。这在乡村环境中是不可想象的，但在城市中却成为可能。麦思的态度更进一步展示了对私人空间的需求和尊重："麦思并未挽留，她早盼着王春莉滚蛋了。春莉每天赖在家里，毁掉了她周五的独处。那样的一天，她不愿跟任何人共享，她需要空间和心理上的绝对的空旷，哪怕有人在房间里关上门不出动静，也是确凿的打扰。"

在蔡东的许多作品中，私人空间的描绘都非常突出，不断地强调个体存在的重要性。从《出入》中林君的独自出家到《木兰辞》中画家陈江流在家和学校的私人空间安排，甚至对于完全独占私人空间的期待，都反映了城市私人空间的精神需求和价值内涵。这些描述不仅揭示了个体对私人空间的渴求，也展现了现代城市生活的一种新的文明取向。

城市生活中对私人空间的渴求和神往源于多重原因。1890年，布兰代斯和沃伦在《哈佛法律评论》上发表的文章《论私人权利》中特别强调了人们享有的"独处的权利"，这标志着私人空间与公共空间的界定，以及私人空间不受侵犯的确立。失去私人空间的生活被视作一种地狱般的存在。在这一背景下，乡村生活的概念进一步揭示了私人空间的重要性。在"十七年文学"的乡村小说中，我们可以观察到私人空间的逐渐消逝。集体主义进入乡村，阶级斗争的扩大化导致人们既有观察他人的权利，也被赋予了被观察的义务，形成了一种观察与被观察的同一性。在这样的集体主义背景下，个体变得透明化，反映了国家与个体之间更紧密的联系，也揭示了国家对个体全面掌控的趋势。然而，随着时间的推进，这种情况在新时期文学中得到了缓解。到了20世纪90年代，对私人空间的尊重成了一个鲜明的主题。特别是陈染的作品《私人生活》，这一部在市场经济兴起时期诞生的作品表现了对公共空间的敌意和反抗，其叙事主要在女性的私人空间展开。这一作品不仅具有时代特质，而且在其中隐喻和意义方面也颇为重要。在过去，私人空间在国人的生活中是一个难以提及的概念。然而，随着城市化进程的加快，它逐渐形成并与时俱进。如今，私人空间的完善和急迫需求反映了现代城市生活的新需求和价值取向。这一变化不仅揭示了社会进步的一面，还反映了人们对自由、独立和个体尊严的不断追求。

在蔡东的都市作品中，私人空间的概念得到了深入的挖掘和精致的描绘。例如，在其作品《净尘山》中，主人公劳玉的母亲被家庭责任所压倒，她的女儿不断减肥失败、婚姻陷入绝望，与丈夫的关系也变得疏远。因此，她选择了离家出走，前往她心中的"净尘山"寻找自己的私人空间。在此，劳玉的私人空间构想得以淋漓尽致地描绘："山上的房子是乳白色的，窗前垂下镂空的米色纱幔，推开窗子，迎着人的是一大片碧绿的湖水，窗边爬满葛萝、丹桂、凌霄、木香、扶芳藤，花枝垂入湖水，湖面上落满花瓣，风从远处吹过来。"然而，当女儿在信息世界中试图寻找这个地方时，发现"净尘山"根本不存在。这个幻想已经陪伴母亲多年，揭示了她对私人空间的强烈渴求和长久向往。她在没有私人空间的家庭环境中度过了漫长的岁月，直到疲惫不堪。她心中的"净尘山"成了一处无法在地图上寻找到的心灵住所，一个不应与人分享的空间，甚至亲人也不例外。

蔡东笔下的私人空间不仅仅局限于物理层面，也不仅仅是现代文明中的个人主义价值观念。相反，他更强调心灵空间的独立，作为神经疲惫时的休憩与漫游之地，是不允许他人打扰的神圣之地。这一深刻的洞察既展现了私人空间的复杂性和多维度，也反映了现代都市人对精神庇护所的迫切需要。

城市中的私人空间并非绝对隐秘，而是往往存在被侵犯的可能性。例如，在蔡东的作品《我想要的一天》中，主人公麦思在好奇心的驱使下，打开了高羽上锁的抽屉，却发现其中只有少年玩的仿真枪和一台小小的望远镜。高羽的私人空间中仅藏着少年时期的梦想和珍贵的记忆，而麦思的有意侵入无疑加深了两人之间的裂隙，升级为信任危机，进一步揭示了城市中私人空间的易受侵犯性。私人空间在一定程度上也可以理解或延伸为"避难所"。蔡东的另一身份是高校教师，她常言："要成为身心健康的个体，最好不要脱离艺术太久，要有意识地为自己留存住这样一个维度，这可能是最后一个避难所。"因此，她的作品中有意识地塑造了个人精神栖居地的私人空间。在现代都市的快节奏生活中，人们急需这样的精神净地。

私人空间并非全新的概念。伍尔夫在《一间自己的屋子》中已经为私人空间做出了充分阐释，将其延伸为内心封闭而完整的角落，一个可以自由翱翔的精神象征。蔡东也描述了她所找到的精神空间："这是一张精心挑选的书桌，大平面，温暖的原木黄色，置于南向房间的窗下。我把最喜爱的书摞成一排排，呈凹字形置于书桌上，它们包围着我，我藏匿其间，轻易地，就感受到了宁静和喜悦。"此描述显露了私人空间在其作品中的核心地位，代表着精神力量，促进生命的积极成长和美好消逝。与私人空间相对的公共空间也在蔡东的作品中得到呈现："留州大学有个灯光广场，每当夜幕降临，这里就聚集起热爱锻炼、渴望长寿的人们。花睡衣，拖鞋，饱嗝，夜晚的广场透着粗俗温馨、蓬头垢面的欢乐。"然而，明显地，蔡东更倾向描绘私人空间，将其视为精神的"福地"。

### 三、南翔小说中的深圳：城市家园意识的文学映射

在中国城市化进程中，城市文学已经成了文学创作的重要方向。一些作家选择批判城市现代性的非人化特质，然而南翔的城市写作却呈现了一种独特的家园意识。他的作品超越了对城市的肤浅批判，展现了对家园深层次的关怀，作品如《绿皮车》《乘3号线往返的女子》《洛杉矶的蓝花楹》《疑心》《博士后》等都凸显了城市作为家园的意识。在南翔笔下的城市——深圳，人们不仅能发现城市的魅力和诗意，而且能触摸到一种深深的归属感。

以深圳为背景的《绿皮车》通过绿皮车的形象展示了对快节奏城市化进程的反思。它提出了一个值得思考的问题："突飞猛进的建设难道非要以牺牲现实与记忆环境做代价？"南翔通过怀旧的情感，用温柔的笔触勾勒出人们共同的回忆，从而引发对今天城市化问题的思考。南翔不赞同一味地批判和攻击，相反，他积极地展示了对美好家园的建构。他笔下的场景充满了知识分子的文雅与细腻，与许多城市文学作品中底层的描写和城市欲望的书写形成鲜明对比。

《乘3号线往返的女子》是一部典型的城市题材小说，故事发生在深圳的地铁上。这部小说不仅展示了这座城市的文明与友爱，而且通过地铁上相遇的男女主人公展现了深层次的情感与教育发展问题。在小说的开篇，作家描述了一个五岁无座的孩子与一位云鬓汗湿、双眼殷殷的年轻母亲，他们在地铁上引起了人们的同情与关爱。这种温暖的人际互动跟以往深圳人与人之间关系疏离、冷漠的形象形成了鲜明对比，展现了城市人们之间的真诚与善良。然而，这仅仅是城市人与人之间关系的

表面书写，更深层次的描绘体现在男女主人公因为让座而结识，并开始了一段恋情。这段恋情没有刻意的煽情与戏剧化的冲突，而是平静、温柔地在关心孩子的教育问题中慢慢发展。他们的恋情不仅稳重，而且充满了对未来、对家庭、对彼此的责任与承诺，展现了一种深刻的家园意识。

《洛杉矶的蓝花楹》是一部聚焦城市中东西文化差异的作品，通过描述中国深圳访问学者在洛杉矶与当地货车司机间的爱情故事，还涉及年轻一代的教育问题。该作品并非仅停留在怀旧的情感层面，而是在国际化都市的背景下，透过作者的目光，展现了人性的温度与关怀。

南翔作为知识分子，其作品充分体现了城市家园意识，《博士后》是其中的代表作之一，描写了他最熟悉的大学环境。在《大学轶事》中，他深入刻画了大学里的博士点、硕士点、本科生、专科生、校长，展示了他对这一领域的深入了解。虽然在《博士后》中对一些人物进行了深刻的批评与剖析，但这更突显了南翔的家园意识。因为大学是他安身立命之所，他希望这里是一个充满健康向上的活力的地方。正如周平远分析的："但我更看重的，是南翔在作品中所传达所隐含的对于当下中国高等教育，尤其是作为知识塔尖的博士研究生教育的反思意识、焦虑意识、忧患意识。这种反思、焦虑与忧患是深层的、深度的、深刻的。如果不是长期生活在这个圈子里的个中人、局内人，并毅然挣脱了投鼠忌器家丑不可外扬之窠臼，要写得这么游刃有余准确到位，如此鞭辟入里深刻犀利，是难以想象的。"南翔在小说《博士后》的结尾这样写道："冬天来了，这个城市，冬天最是寂寞与单调。屋子里暖得令人窒息，看得见窗外的寒风一缕一缕前赴后继地追打而过。"从中可以看到作家对这座养育他的城市的款款深情，因为这里就是他的家园。

# 第三节 以深圳为背景的都市文学作品分析

## 一、庞贝的《独角兽》

### （一）科幻城市的描绘

庞贝的作品《独角兽》构建了一座既熟悉又陌生的科幻城市，展示了对未来城市生活的深刻洞察。这一城市空间在表面上呈现了某种井然有序的现实主义，然而其下隐藏着一层神秘的未来色彩。本文将探讨该作品如何在理性控制与梦想自由之间寻找平衡，并以深圳为背景，建构一种前所未有的人、城市与科技的新关系。

庞贝的科幻城市并不是一个彻底抽离现实的虚构世界，而是紧密结合了作者在深圳长达三十年的工作和生活经验。这种经历不仅使庞贝对深圳有了深入理解，而且使他能够通过科幻的手法将这个现实城市转化为未来城市的蓝本。他以深圳的科技创新为背景，通过人工智能的镜头，展示了人与自我、人与人、人与城市之间可能的新型关系。这一构想的基础是科学与理性的支撑，反映了一种科幻现实主义的文学取向。

"透过昏暗的玻璃，我再一次俯瞰身下的这座城市。雾霭中的城市，高楼密布的城市，有些大厦的天台有花树，有些则只是空空的秃顶。高楼之下是街道，灯火闪耀的街道。车流、人流、物流，在这座城市的另一维度，还有看不见的数据流。那是一个看不见的网络，那是由手机、电脑和传感器构成的网络，海量的数据正以人们看不见的方式在流动。他们说数据就是财富，虚拟空间便有了众多挖矿者。夜以继日地挖掘，日积月累的财富，这些看不见的数字，它们眨动着欲望的眼睛，它们也借由炫目的灯光而显形……"这是庞贝在《独角兽》的开篇展示给我们的城市的另一个维度——科技的城市，科技是通向未来的路径。庞贝的作品表现了一种深思熟虑的幻想方式，他没有任由思想的野马任意驰骋，而是理智地控制着思想的缰绳。他的幻想世界不是一种完全匪夷所思的后人类时代的城市，而是以科幻的光影为背景，却依然真切、清晰可辨。这种创作方法赋予了作品一种亲切和熟悉的感觉，让读者在浏览其中时能感受到一种与现实世界的连通性。然而，这一切又与未来相连，透露出几分陌生与神秘。这种亲切与神秘的遭遇、熟悉与陌生的相交织就了城市的经纬与肌理，由此展示了科幻与文学艺术的迷惑与魅力。

在《独角兽》中，主人公艾轲、何适、林韵等人物的塑造并非浮于表面的虚构。他们或有着普林斯顿、牛津等世界名校背景，或是科技领域的领军人物，具体体现了深圳这座现代化城市对于科技精英的渴望和尊崇。人物形象的精心刻画并非单纯地为了突出个人特质，而是为了深入地探讨技术与人的关系，以及技术在现代城市中的核心地位。技术元素在这部作品中并非单纯的装饰，无人机、测谎仪、机器蛇、无人驾驶等既是现实世界的前沿技术，又赋予了作品独特的科幻色彩。这些技术并不是孤立存在的，而是深入人们的生活，成为连接人与城市的桥梁，构成了可持续发展城市的一部分。深圳在作品中的描绘既有熟悉的亲切感，又有陌生的神秘感，这一矛盾的统一揭示了庞贝对于城市的深入思考。作品中的深圳并非对现实的简单复制，而是通过科幻的想象力，融合了历史、现实与未来，赋予了深圳全新的文学形象。更为重要的是，庞贝通过对"独角兽"的隐喻，将这一经济学名词赋予了新的文学内涵，将其塑造成为一座城市独特的气质。独角兽在此不仅代表着力量和速度，更代表着智慧和优雅，是光明的象征，是一座城市真正的生命力所在。

庞贝在《独角兽》中的探索不仅在于他对未来城市生活的独特视角，还在于他对人类与科技之间关系的重新定义。他并未将科技描绘成一个冷酷无情的工具，而是通过人机交互的未来城市生活场景，展示了科技如何增强人类的生活体验，甚至推动人类社会的发展。

### （二）科幻城市的情感链接

庞贝的《独角兽》不仅是一部展现未来科技的作品，也是对情感和人性的深度探讨。在描述后人类社会的同时，庞贝也关注了人性的本质，并在作品中展现了人们与科技之间、人与人之间复杂的情感。

作品中的科幻城市不是一个孤立、冰冷的实体，而是充满生命力的、与人类紧密相连的有机组织。通过描绘未来城市中人们的日常生活，作者展现了一个既先进又温暖的社会。城市不仅是一个科技驱动的环境，而且是一个有情感的、有理想的社区。在此基础上，情感在后人类社会中并没有被科技取代，而是与之相融合，成为生活的核心力量。庞贝的文本还强调了智慧城市背后的道德和情感导向。例如，通过一个小小的井盖的细节揭示了科技的发展并不是为了追求效率和便捷，而是为了增强人们之间的联系和相互理解。通过使用短距离无线通信与智能传感技术来提醒行人井盖的位置，庞贝展现了一种将技术与人性、科学与情感相结合的理念。这样的城市不仅是现代化的，还是富有人情味的。

艾轲与林韵的爱情线索进一步强化了这一主题。他们的故事并不是一种陈旧的浪漫主义，而是一种对于真实、持久和复杂情感的坚持和追求。尽管时空的距离和困境试图将他们分开，但他们的爱情却在机器人的形态中得到了永恒。这一过程展示了情感的不灭，也揭示了科技对人类情感的延续和升华的可能性。

在庞贝的《独角兽》中，人与机器之间的关系并非仅仅局限于技术层面，而是深入探讨了人类自身的情感问题。这一问题的核心体现了科技时代的文化矛盾和冲突，丰富了我们对人与自我、人与他者、人与城市关系的理解。《独角兽》通过前瞻性的设想，将科学技术、情感关系和社会伦理紧密地结合在一起，展现了一个并非完全虚拟，而是基于现实社会事实和人类情感的具有想象性的科幻城市。这不仅是一个科技前沿的概念，还是一个关于个人利益和社会责任的深入探讨。

作品中还存在着明显的批判色彩，表达了一种强烈的情感力量。庞贝通过借用世界著名画作《拾穗者》来隐喻自己对城市贫富不均现象的抨击。原作由法国画家让·弗朗索瓦·米勒创作于 19 世纪，以对底层弱势群体的同情为主题。庞贝则将其转化为对后人类时代社会阶层极大差异的讽刺。这不仅是关于财富与道德的思考，也是对创富时代道德重新建立的问题的探索。反面人物何适盗取的秘密文件藏在《拾穗者》这幅画里，这一细节不是对作家审美修养的展示，而是窥见庞贝在创富的科幻城市中展示人文精神力量的意图。他利用这一隐喻来强调在追求科技和财富的同时，我们不应忽视社会正义和人文价值。

### （三）科幻城市的新世界渴望

在庞贝的《独角兽》中，科幻城市的书写和想象不仅揭示了对深圳这座科技城市的独特看法，更呈现了一种新的世界渴望。我们可以从以下几个方面来理解这一现象：首先，我们需要分析为什么会出现这种对城市的科幻书写。城市文学与科幻书写的相遇可能源于人类对新人和新世界的渴望。在启蒙主义对人类心智改造失败的背景下，AI 和科技成为重新激发人类智慧和心灵的工具。这种渴望促使人们用科幻的方式来塑造未来城市，将其描绘为一个乌托邦世界，完全不受现实因素的制约。其次，科幻城市的书写在文学创作上有其逻辑起点。文学的本质要求不断创新，摒弃模仿和重复。科幻文学提供了一条捷径，让作者能直接构建一个全新的世界。这个世界虽然充满了科技，但它并非单一的科技展示。这引出了第三个观点，那就是科技与文明的平衡。如果一个城市仅仅由科技塑造，而缺乏文明的内涵，那么这个城市就会显得苍白无力。只有当文明社会文化与高科技相匹配时，城市才能进入更高级、更文明的社会形态。因此，《独角兽》中的科幻城市并不仅仅是一个对未来技术的幻想，而是一种更深层次的对人类新世界渴望的反映。作者通过科幻的方式，探讨了城市、科技、文明之间的复杂关系，提出了科技发展必须与人文精神和文明价值相结合的观点。这一视角不仅丰富了我们对城市的理解，也为科幻文学赋予了更深刻的社会和文化意义。

未来人类在高科技虚拟空间内的生存与发展描绘了人们对新世界的极度渴望，他们不惜通过虚拟科幻来构建这个新世界。这样的设想并非完全源于虚构，而是可以在现实世界中找到逻辑起点。这种渴望在某种程度上反映了对当前现实情况的不满和厌倦，从而激发了人们对未知新世界的向往。这种不满和厌倦驱使着作家走出舒适圈，创造一个前所未有的新世界，将人类自身置于陌生的环境中。例如，庞贝的《独角兽》描述了一个由科技主导的未来生活画面，这是一个与现实世界截然不同的景象。另外，韩少功的《当机器人成立作家协会》和郝景芳的《北京折叠》也是探索城市与科幻相遇的典型案例。这些作品的幻想都源于对现实世界的焦虑和不满。例如，《北京折叠》中将拥堵的城市折叠成三重空间的新世界，并不仅仅是对城市的物理改变，更是对城市焦虑和无奈的隐喻。因此，这种文学隐喻的表达方式不仅是科幻文学的一个特点，更是科幻城市所承载的深层意义。这个充满隐喻的文学空间反映了对新世界的渴望，它既是对现实的反思，也是对未来的设想，揭示了人类对更美好、更和谐世界的不懈追求。

## 二、邓一光的深圳系列小说

邓一光移居深圳的经历在 2009 年启动，他从武汉迁移，沉浸在这一充满活力的移民城市之中。他的转变体现在他从原居地到移居地的身份转换上，后者成了经济和社交的中心，而非情感和心灵的寄托。虽然许多作家倾向将故乡视为创作的灵感泉源，但邓一光在深圳的创作并没有沉溺于故乡的回忆。他所提出的观点，即"当环境改变的时候，好作家总在颠覆前经验，包括个人的写作经验，改变是作家的常态"以及"'原乡'情结不是作家独有的，优秀的作家会走出'原乡'情结，而不是依赖它，从而建设一个独特的，同时又属于全人类的精神家园"①深刻揭示了他对创作的独到见解。在邓一光的深圳系列小说中，深圳的城市景观与人文特色被详细勾勒了出来。从小说标题如"红树林""市民中心""梧桐山""万象城""龙华""罗湖""仙湖""北环路""前海""莲花山""关外""梅林""杨梅坑""欢乐谷""欢乐海岸"等，我们可以看到深圳的各个角落。这些真实地名不仅描绘了深圳的地理风貌，还为深圳人所熟悉和共鸣。然而，深圳文学的本质不仅限于描写城市地标，更重要的是邓一光如何描绘深圳这座城市在他的心灵以及他所塑造的人物中所表现出的独特都市经验和精神气质。小说中的人物形象多样化，涵盖了不同的社会阶层和人物类型，包括底层的打工人员、高学历的学者、大龄未婚青年、无法购房者、工作压力巨大者等。这些人物作为深圳的移民，象征着一种生命的移植过程，他们"将自己连根拔起，再往一片新土上栽植，而在新土上扎根之前，这个生命的全部根须是裸露的，像是裸露着的全部神经"②，这种裸露给他们带来了敏感和脆弱。在这一语境下，邓一光的笔锋就像一把精准的手术刀，巧妙地在那些因移植而感受到根与土壤冲突痛苦的生命个体间游走，理智而富有洞察地揭示了这些被移植后的生命的时代精神症候。邓一光的深圳系列小说不仅描绘了移民城市中的生活现实，更深入地反映了当代社会的精神状态和人性挣扎，为人们理解现代都市文化提供了新的视角和解释框架。

在邓一光的深圳系列小说中，探讨的核心之一是身份和归属感。这一主题在小说的不同角落里反复显现，其中以"你不是深圳人"这一符号最为引人注目。例如，在《我在红树林想到的事情》中，男孩的诉说反映了一种身份上的压迫感和迷失，他的言辞"如果可能，我会放弃做

①　陈晓旻.邓一光：作家关注的是无所不在的可能性——著名作家邓一光访谈[EB/OL].（2012-11-04）[2023-12-24].http://news.cnnb.com.cn/system/2012/11/04/007515105.shtml.

②　严歌苓.少女小渔：中短篇小说卷[M].北京：当代世界出版社，2003：26.

一个人。我是说，不是吸烟的人，也不是深圳人，是人——如果我能做一枚砗磲，或者一丛三角藻的话"展示了其对人际关系和社会归属的复杂情感。这个例子突出了一个人与他所在城市之间的张力，不仅仅是地域性的问题，还涉及了经济和社会地位的认同。男孩的身份危机并不是他对深圳无法认同，而是无法被深圳所认同。作为一个没有深圳身份证的人，他的漂泊感与悬浮感成了他内心的真实写照。在此，身份证不仅仅是法律上的界定，更成了文化身份认同的隐喻。邓一光在此揭示了文化身份认同的双向性：你是否认同这个身份，以及你是否被文化身份所认同。

在《离市民中心二百米》中，同样的观念被进一步展开。这一次，它表现在一对高学历的年轻情侣身上，他们在深圳的市民中心附近租房。这里的选择反映了对"高贵的深圳"的追求和认同欲望，但最终他们还是面临与身份认同有关的困境。通过保洁工阿姨的台词"我只知道，我不是深圳人，从来不是，一直不是"，邓一光展示了深圳中许多人的现实情况：他们在深圳居住，却无法成为深圳人。在这里，移民不仅是地理上的迁徙，更是"一种生命的移植"。邓一光深圳系列小说中的身份问题揭示了现代城市人的普遍困境。他通过具体的地域描写、人物塑造和情感抒发，展现了移民的复杂性、身份的模糊性和城市的二元性。这些作品为我们提供了一种理解现代都市生活和移民体验的视角，不仅涉及地域和社会的问题，还触及人们的精神世界和文化认同。这一系列作品可以视为移民文学的范畴，从中我们可以看到移民、身份和城市之间的复杂交织和相互作用。

# 第九章　其他文学作品中的都市刻画

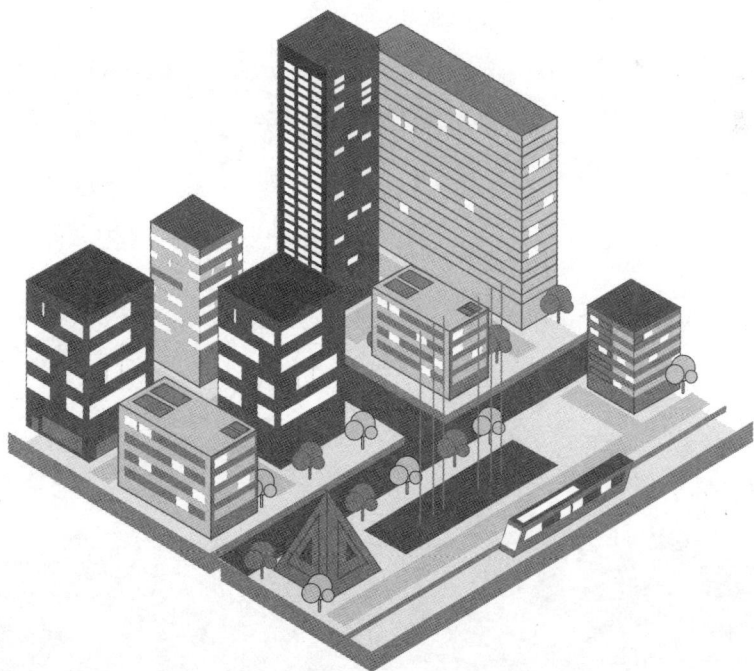

# 第一节 冯骥才的"津门"传奇

冯骥才在当代文学领域以其独特的"津味"小说蜚声文坛。他的小说创作历程可大致划分为三个发展阶段：第一阶段为"文化大革命"结束后，他与李定兴合作发表的历史小说《义和拳》受到了关注。第二阶段为 20 世纪 70 年代末至 80 年代初，冯骥才的《铺花的歧路》《啊》《雕花烟斗》《高女人和她的矮丈夫》等均展现了其对"伤痕"与"反思"的探索。第三阶段为 20 世纪 80 年代后期，他的创作焦点转向了"文化风俗小说"，其中"怪事奇谈"系列如《神鞭》《三寸金莲》《阴阳八卦》等作品，以及《市井人物》及其续篇《俗世奇人》等，都深深植根天津的传统文化与习俗。这些作品不仅聚焦传统生活中的"奇人"和"奇事"，而且采用饱满的天津方言作为叙事工具，体现了作者对天津文化复杂情感与创作立场。

冯骥才的"津门"传奇叙事风格与冯梦龙的写作风格有着深厚联系。冯骥才自述，冯梦龙对他的创作产生了三方面的影响：传奇故事的构建、杂学的广泛融入以及对文字的精雕细琢。冯骥才的"津门"传奇作品中，一系列奇特的角色被创作出来，并通过巧妙的情节设计展示了天津的"奇特"之处。他基于天津的实际地理、市井生活和民风民俗，叙述了有深厚文化"根"的传奇故事，并且运用充满地域特色的津味语言，为读者构建了一个丰富的"津门"传奇世界。

## 一、俗世奇人

冯骥才对天津市井众生的深入观察揭示了天津作为一个特殊地域所

孕育的独特文化性格。冯骥才曾指出："天津最具魅力是在清末民初，那是个城市的转型期，随着租界的开辟，现代商业进入天津跟本土的文化相碰撞，三教九流都聚集在天津，人物的地域性格非常鲜明和凸显。当然，我主要是通过写地域的集体性格，来写地域的文化特征。"① 通过对天津市井生活的细腻描写，冯骥才赋予了手艺人以超乎常人的特质，而他们的特异技能则成为这一文化特质的具体体现。

### （一）手艺人

冯骥才笔下的手艺人角色，如刷子李、苏七块和蓝眼江，都是以其独特的技艺在市井中脱颖而出的人物。这些人物不仅因高超的技艺而在市井中得到了人们的尊重，他们还根据自己的经验和对手艺的理解，为自己制定了一套行业规矩，这使得他们的形象更加鲜明和立体。例如，苏七块为自己制定了看病的规矩，而刷子李则为自己的刷墙工作设定了标准。这种"规矩"的设立不仅体现了他们对自己技艺的自信，还揭示了他们对手艺的尊重和对市井文化的维护。通过这种方式，冯骥才成功地构建了一个既充满地域特色，又富有传奇色彩的文学世界。在《市井人物》这部作品中，冯骥才进一步探讨了天津市井文化中的手艺人群体。他通过对这一特定人群的描写，展现了天津市井文化的魅力和独特性。这些手艺人，无论是因为他们的绝技，还是因为他们的"规矩"，都在冯骥才的笔下成为天津市井生活的重要组成部分。通过对这些人物的细腻描写，冯骥才为我们呈现了一个充满活力和魅力的天津市井世界。②

在冯骥才的作品中，手艺人不仅仅因为其出类拔萃的技艺而显得与众不同，更重要的是他们所展现出的独特个性和坚韧品格。这些人物在

---

① 冯骥才.关于《俗世奇人》[J].文学自由谈，2000（5）：96-97.
② 张语桐.俗世中的众生像——读冯骥才的《俗世奇人》有感[J].中文自修，2023（8）：45-46.

面对社会的不公和权势的压迫时，都表现出了不屈的精神和自尊的态度。例如，《泥人张》中写道："天津卫是做买卖的地界儿，谁有钱谁横，官儿也怵三分。可是手艺人除外。手艺人靠手吃饭，求谁？怵谁？"这段描述揭示了手艺人在天津卫社会中的独特地位，他们因为全凭手艺生活，所以在那个特定的时代背景下，可以保持一种难得的自主和尊严。

特别是泥人张，他在面对富有权势的海张五时，没有采取常人可能选择的低头或者直接反抗的方式，而是运用自己的技艺和智慧，制作出"核桃大小""一脸狂气"的海张五的画像，并大胆地在市场上进行销售。这不仅是对海张五的一种讽刺和挑战，也展现了泥人张如何运用技艺为自己争取尊严的智慧和勇气。通过这样的描写，冯骥才成功地展现了手艺人在面对压迫和不公时，如何依靠自己的技艺和智慧为自己赢得了尊重和地位。

## （二）奇侠

奇侠角色往往展现出卓越的武艺、深沉的正义感，并且具备对抗邪恶势力、救助苍生的能力。他们在民间活动，带有神秘的氛围。例如，《神鞭》中的主人公"傻二"便是这种奇侠的代表性形象。尽管表面上看傻二只是一个卖豆腐的平民，但他实际上掌握了一种强大的鞭术。他并不轻易展露自己的才能，然而当他目击到"混星子"玻璃花对待飞来凤的不公行为，他选择了出手相助。此后，傻二与多位武艺高强的对手进行了较量，如使用弹弓的戴奎一、天津卫的武术大师索天响、日本武士佐藤秀郎等。在每次对决中，他都以其鞭法取得了胜利，从而在民间建立了崇高的声誉。值得注意的是，尽管傻二获得了一定声誉，但他仍保持着对名利的冷漠态度，并持续思考回归平凡的生活。在国家面临危机时，他将国家的利益放在首位，勇敢地投身于对抗外敌的战斗中。除了傻二，冯骥才的其他作品，如《奇人管万斤》《鹰拳》《阴阳八卦》，也塑造了类似的奇侠形象。这些角色，如管万斤、老者、糊涂八爷以及龙老师，都是在文中展现了卓越武艺的奇侠。这些形象不仅丰富了文学的人物构造，也呈现出作者对于传统文化与现代背景下英雄观念的深入挖掘。

### （三）"混星子"

"混星子"这一角色群体在某种程度上与现代语境中的"混混"相似。他们主要活跃于天津的各个角落，倾向挑起纷争，展现出他们的勇猛与凌厉，而他们的生计往往依赖从商家处获得的"供奉"。这些"混星子"的特点在于他们对自身强烈的尊严与自信。他们有一种独特的"入门"仪式，即通过承受打击来证明自己的勇气。《神鞭》中描述了玻璃花为了在大妓馆"拿一份"而选择被打的情境。在这种情境中，其身体的伤势往往被视为其勇猛的证明，因此，他在经历了如此严重的伤势后，不但没有对施暴者表现出仇恨，反而对其表示了感激。这种情境揭示了在天津地区一种特定的文化现象，即通过身体的伤害来展现其坚韧与不屈的性格。此外，"混星子"还通过自我伤害的方式与官方进行对抗。如在《三寸金莲》中的描述，小尊王五故意伤害自己，并将罪责归咎于捕头。这种自我伤害与反抗的行为不仅揭示了他们对权威的不信任与挑衅，也展现了天津文化中一种刚烈与彪悍的特点。这种行为既是对官方的反抗，也是对社会规范的挑战，充分展现了天津特有的风土人情。

冯骥才的作品中涌现出的三类人物——"手艺人""侠客""混星子"——都在某种程度上蕴含着"侠气"。这些"奇人"在其笔下并非单纯地展示技艺或武勇，他们在心底深藏着一种对正义的坚守和对弱者的关怀。即便是似乎狠厉的"混星子"，他们也都承载着一个"义"字，维护着一种为人民服务的心态，他们的行为往往基于无私和正义，而非简单的利益驱使。冯骥才通过天津市井的背景，成功地呈现了清末民初时期天津特有的文化和风土人情。他的创作不仅对那个时代进行了生动再现，还通过对"奇人"的描绘，对旧天津的传统文化进行了深入探索，展现出对其"爱恨交加"的复杂情感。他赞扬了传统文化中的道德和审美观念，尤其是那些坚守"侠义"的"侠客"。这种对传统文化的正面评价也反映在他笔下的角色与事件中，如傻二在《神鞭》中对抗外国武士的场景，以及对中西文化的对比，都充分显示了他对中华传统文化的自信与肯定。

## 二、津门风物

冯骥才的文学创作在很大程度上受到他在天津的成长经历的影响，这座城市的风俗文化为他提供了丰富的艺术灵感和审美资源。他坦然表达了自己对天津的深厚感情："我虽为浙江人，却生长于津门，此地风习，挚爱殊深，众生性情，刻骨铭心。"[①] 这种对天津的情感深沉地反映在他的作品中，尤其是对天津世俗生活与风土人情的细致描绘，成为他文学创作中的一大特点。

天津作为一个特殊的地域背景，在冯骥才的作品中起到了不可或缺的作用。他对天津的地域特征进行了细致入微的描写，为人物提供了一个鲜活的生活环境。如在《俗世奇人·刷子李》中，他对天津独特的"码头"文化有了生动的描绘："码头上的人，全是硬碰硬。手艺人靠的是手，手上就必得有绝活。有绝活的，吃荤，亮堂，站在大街中央；没能耐的，吃素，发蔫，靠边呆着。这一套可不是谁定的，它地地道道是码头上的一种活法。"[②] 这种文化背景为人物的性格和行为模式提供了合理的解释。此外，天津的建筑风格和地理环境也在冯骥才的作品中得到了细致的描绘。例如，《小杨月楼义结李金鏊》中描述的"破瓦寒窑"与"万成当"的"高高的柜台"形成了鲜明对比，这不仅展示了天津社会的阶层差异，还揭示了那个时代的社会风貌。《三寸金莲》中的佟府和《神鞭》中的紫竹林小白楼和洋教堂都充分展示了天津多元化的建筑风格，从而展现了天津在历史发展中所经历的文化交融和变迁。

---

① 冯骥才. 俗世奇人 [M]. 北京：作家出版社，2001.

② 冯骥才. 俗世奇人 [M]. 北京：人民文学出版社，2023：102.

饮食与服饰常常被视为文化与社会背景的反映，它们直接揭示了一个地区或时代的特定风貌和价值观。在冯骥才的作品中，天津的饮食和服饰文化被巧妙地运用，以突显这一地域在特定历史时期的独特性。天津人的饮食文化中有一句流传甚广的俗话："借钱吃海货，不算不会过。"这句话揭示了天津人对美食的热爱与追求。

天津的食品文化与其特殊的地理与历史背景紧密相关。冯骥才描述了众多脍炙人口的天津特色食品，如杨村糕干（《神鞭》）和过年时必备的锅巴菜、天津大麻花（《逛娘娘宫》）。这些食品不仅是天津地域的象征，还与天津的运河文化有深厚的联系。由于天津历史上经常受到水灾的影响，大量灾民涌入城市，这导致人们对方便、快捷、饱腹食物的迫切需求。因此，像"狗不理包子""十八街麻花"和"耳朵眼炸糕"这样的食品应运而生，它们既满足了人们的实际需求，也成为天津独特的饮食文化代表。

在冯骥才的作品中，服饰不仅是人物形象的外在标志，更是文化与社会背景的映射。在《俗世奇人·冯五爷》中，冯五爷的传统打扮——"身穿藏蓝暗花大褂，胸前晃着一条纯金表链，中印分头，满头抹油，地道的老板打扮"①——反映了天津达官贵人的典型形象。而在《小杨月楼义结李金鏊》中，李金鏊与小杨月楼的服饰则展现了天津社会中的阶层差异和中西文化的交融。这些细致的描写不仅增强了人物的真实感，还为读者呈现了天津在特定历史时期的社会风貌。

### 三、"津味"语言

冯骥才走上文坛的方式比较奇特，他最早是以口头创作的形式走上文学之路的。在天津，见多识广、知识渊博、见解超常的人常被称为"白话"（"话"读为"活"），而冯骥才就是公认的"冯大白话"。在其好友吴若增的描述中，他与另一个"王大白话"能够"从《诗经》的'关关

---

① 冯骥才. 俗世奇人 [M]. 北京：人民文学出版社，2023：115.

雎鸠'开始，你一首，我一首，一直背诵下去"，之后是中外散文、中外小说、中外美术、中外音乐。① 由此可见，冯骥才具有口若悬河、说古道今的本领，用天津话说就是"嘴皮子真溜"。这种"说书"式的创作方式深深影响了冯骥才的创作风格，他的小说读起来"口语化"色彩浓重，大量的天津方言充斥其中，叙述以夸张奇特为美，具有独特的"卫嘴子"风格。

细读冯骥才的系列作品，可以发现其中的"津味"方言词汇十分丰富，大致分为名词、动词、形容词三类。名词有"花活""中腰""黏粥""瞎叨咕""麻经子""中晌""梗子""规法"等，具有浓郁的地方特色。其中，"花活"指"手段"，"中腰"是"中间"的意思，"黏粥"是指"很稠的粥"，"瞎叨咕"是指一些"小道消息"，"麻经子"是指"麻绳"，"中晌"是指"中午"，"梗子"是指"人"，"规法"是指"规定和章法"。这些口语名词带给读者浓厚的天津的生活气息，表现出天津人爽朗、质朴和豪迈的性格特质。动词有"拨愣""白唬""言语""兜腰""拣巴""老帮""耍把""懂眼""觉知""完活""抖愣""言声"等。转换成普通话，"拨愣"是指"摇脑袋"，"白唬"是指"胡扯"，"言语"是指"说"，"兜腰"是指"搂腰"，"拣巴"是指"收拾"，"老帮"是指"老练、经验丰富"，"耍把"是指"活动"，"懂眼"是指"明白"，"觉知"是指"知道"，"完活"是指"完了、完事"，"抖愣"是指"哆嗦"，"言声"是指"说话"。这些方言动词用来描述人物的动作，格外具有天津人的神韵，也使文章显得诙谐幽默，更加生动传神。作品中还有大量方言形容词，如"软""没囊没气""撒丫子""哏""坐实""花哨""咋唬""鸡上天""扑棱""急赤白脸"等。在天津方言中，"软"是"不对"的意思，"没囊没气"是指"没志气"，"撒丫子"是指"用大脚丫子走路"，"哏"是指"有意思"，"坐实"是指"掷地有声"，"花哨"是指"色彩鲜艳"，"咋唬"是指"叫喊"，"鸡上天"是指"高攀"，"扑棱"是指"浑身乱

---

① 吴若增. 解读冯骥才 [J]. 时代文学，2000（5）：94—100.

颤"。这些"津味"形容词一方面能够精确描绘出人物个性，另一方面增强了语言的生动性和表现力。

冯骥才的文学作品充分展现了天津特有的文化与言语风格，这种风格被称为"卫嘴子"，深受天津卫尚勇斗狠民风的影响。天津人强调言语之间的斗气，旨在通过锐利的言语和机智的回应进行互动，从而磨炼口才。冯骥才作为一个长期生活在天津的作家，不仅深刻理解这一风格，还将其融入自己的创作中，展现了天津人机智、俏皮的语言艺术。冯骥才在《神鞭》中指出："'京油子'讲说，'卫嘴子'讲斗，斗嘴就是斗气。"这种斗气的言语风格强调的是在交流中的竞争和斗劲。冯骥才在其作品中频繁使用了天津民间的俗语和词汇，表现了天津市井民间的斗嘴场面。例如，在《神鞭》中，玻璃花对傻二的嘲讽使用了许多下流的形容和粗俗的词汇，增强了其作为一个"混混儿"的气质。这种言语的风格和内容与天津的地域文化和口头传统紧密相连。冯骥才的作品不仅仅是展现斗气，还表现了其深厚的语言功底和对传统文化的理解。他的作品中有许多对仗工整、流畅的小段落，展现了天津人"嘴皮子利落"的特点。例如，《三寸金莲》中的一段对仗丰富而富有节奏的句子展现了冯骥才对传统韵文、骈文的深刻理解。此外，冯骥才还通过夸张、幽默的语言塑造人物形象，展现了天津人的智慧和机智。例如，在《阴阳八卦》中对"八哥"的描述虽然使用了夸张的修辞，但形象刻画得生动而有趣。冯骥才在文学作品中展现了天津人机智的言语交锋，如在《俗世奇人·好嘴杨巴》《俗世奇人·陈四送礼》中的对话充分展现了天津人在言语中的机智和策略。

## 第二节　池莉的武汉生活

1976 年，池莉作为知青进入武钢工作，此后一直在武汉工作和生活。这座城市已经成为她生活与创作的核心，如同她自己所言："我与武汉是相互依存的关系：我仿佛是这片土地上的一部分，而武汉则是我文学创作的永恒背景和我观察社会的主要窗口。"① 从她的文学作品可以明显看出，池莉的创作历程大致经历了三个主要阶段。在她的早期作品，即 20 世纪 80 年代初，主要关注青少年的生活和情感，这一阶段的作品充满了青春活力与激情。例如，《妙龄时光》《未眠夜》《青奴》等作品都展现了这一阶段的特点。进入 80 年代中期到 90 年代中期，池莉的作品主题开始转向普通市民的日常生活，深入探讨人们在卑微环境中的挣扎和追求。这一阶段的代表作品如《烦恼人生》《太阳出世》《汉口，永远的浪漫》等均体现了她在"新写实"文学风格中的卓越成就。至于她的第三个创作阶段，从 90 年代中期至今，池莉更加深入地探索了都市生活在市场经济社会背景下所发生的变革，以及人们心灵和价值观的转变，如《来来往往》《化蛹为蝶》《口红》等作品均为这一时期的代表。尽管池莉的文学作品在不同阶段呈现出各自的特色，但其作品中的一个恒定元素是武汉这座城市。池莉的许多作品都以武汉为背景，展示了这座城市独特的文化和氛围。她描绘的角色往往具有鲜明的武汉特性，而作品中的语言也经常带有浓厚的地方色彩，即所谓的"汉味"。这种"汉味"不仅体现在她笔下的角色和情节中，更在她对武汉生活的细腻描绘中得到淋漓尽致的展现。

## 一、城市空间与风物的文学想象

池莉在其《池莉文集》的序言中对武汉城市的文化背景和历史脉络进行了深入探讨，明确指出："武汉是一个非常有意思的城市，我常常乐于在这个背景上建立我的想象空间。武汉的有意思在于它有大江大河；在于它身处中原，兼容东西南北的文化；在于它历史悠久，积淀深厚。"② 武汉作为一个历史沉淀丰厚的城市，为池莉的创作提供了丰富的素材和独特的背景。

---

① 池莉. 她的城 [M]. 南京：江苏文艺出版社，2011：100.
② 池莉. 池莉文集 [M]. 南京：江苏文艺出版社，2000：序言.

### （一）城市景观、街道和建筑

池莉笔下的武汉以其地理、历史和文化背景为基础，构建了一个独特的城市意象。她的作品中的城市景观、街道和建筑不仅是物理空间，更是文化符号和社会心态的反映。例如，武汉的花楼街和吉庆街都是池莉作品中反复出现的场景，它们不仅代表了武汉的地理位置，更是城市文化和生活方式的缩影。在《不谈爱情》中，花楼街被描述为一个曾经繁华但现在略显颓败的地方："武汉人谁都知道汉口有条花楼街。从前它曾粉香脂浓，莺歌燕舞，是汉口繁华的标志。如今朱栏已旧红颜已老，那瓦房之间，深深的小巷里到处生长着青苔。"

池莉通过对武汉街道和建筑的描写，表现了武汉人的生活态度和价值观。这种对城市的深入挖掘使得武汉在她的作品中不仅仅是一个背景，而是与人物、情节紧密相连的存在。例如，主人公吉玲和庄建非的关系与他们所处的花楼街背景紧密相关，吉玲试图摆脱花楼街的身份标签，但始终无法逃离其影响，而庄建非则深受花楼街文化的影响："吉玲是花楼街的女孩子，就不应该诧异她的脏话从哪儿来。"除了对城市地理和历史背景的深入探讨，池莉更注重人与城市的关系，她的作品中的人物都是武汉的一部分，他们的性格、价值观和生活方式都与这座城市有着密切联系。如《生活秀》中的主人公来双扬，她是吉庆街的代表，她的性格和行为都与武汉的文化和历史背景紧密相连。来双扬以其独特的泼辣和精明，成为吉庆街的标志性人物，她的形象体现了武汉人的刚柔并济和生活态度。

在《烦恼人生》中，长江被赋予了象征意义，成为城市的代表与象征。描述中指出："春季的长江依然是一江大水，江面宽阔，波涛澎湃。轮渡走的是下水，确实有乘风破浪的味道。"该描述不仅突显了长江的壮观景象，还通过"春季"的时间节点，为读者勾画出一个生机勃勃、充满活力的武汉。此外，通过印家厚对长江的观察，展示了武汉人与长江之间的密切关系，以及长江在武汉人心中的地位。在《你以为你是谁》

中，池莉对武汉市中心的繁华街区交通路进行了细致的描写。文中指出：
"交通路与著名的商业街江汉路毗邻，旧社会是条文化图书街……现在除
了交通路口还保留着古籍书店和翰墨林之外，实际上这里已是一个极专
业化的大型鲜鱼海货山珍禽蛋市场。"此段描写既展现了武汉的文化与商
业的交融，也反映了武汉的历史变迁与发展。

### （二）风味美食

在池莉的文学创作中，武汉的风味小吃被赋予了丰富的文化意蕴与
地域特色，这一点在其多部作品中得到了充分体现。在《烦恼人生》中，
热干面的描述"一把长柄笨篱塞了一锅油面，伸进沸水里摆了摆，提起
来稍稍沥了水，然后扣进一只碗里，淋上酱油、麻油、芝麻酱、味精、
胡椒粉，撒一撮葱花"，为读者展现了这道菜品的制作过程与独特风味。
同时，《怀念声名狼藉的日子》中的描述"我爱武汉的热干面，一碗只要
一毛二分钱，芝麻酱香得没得命，小麻油萝卜丁葱花儿一拌，那就勾了
魂"，进一步为读者勾画了武汉人对热干面的喜爱与情感。对于武汉这一
城市空间，食物不仅是满足生理需求的工具，更是文化与历史的传递者。
池莉笔下的武汉小吃集结了本地风味，如《冷也好热也好活着就好》所
述："老通城的豆皮，一品香的一品大包，蔡林记的热干面，谈炎记的水
饺，田启恒的糊汤米粉……"这不仅体现了武汉丰富的饮食文化，还展
现了其历史的积淀与传统的传承。

从武汉小吃的特点来看，它代表了这座城市的性格与精神。如热干
面，它与其他面条菜品有所不同，经过精细的调味与制作，表现出一种
独特的味道与风味，这与武汉火辣的城市性格形成了呼应。此外，《生活
秀》中的描述"鸭颈不是什么山珍海味，却是活肉，净瘦，性凉，对老
人最合适了。再说，要过节了，图个口彩，我们吉庆街，有一句话，说
是鸭颈下酒，越喝越有"，为我们揭示了武汉小吃在地域文化中的地位与
意义。此外，武汉小吃还反映了这座城市的开放性与包容性。

## 二、市民视角中的市民形象

池莉的文学视角和生活经历在很大程度上定义了她对"小市民"的特殊情感和诠释。她公开阐述："我是一个小市民，我要歌颂小市民。"①这一观点深入地揭示了她对于小市民这一身份的肯定与尊重。她进一步解释："自从封建社会消亡之后，中国便不再有贵族。贵族是必须具备两方面条件的：物质的和精神的。光是精神的或者是物质的都不是真正的贵族。所以'印家厚'是小市民，知识分子'庄建非'也是市民，我也是小市民。在如今的社会主义初级阶段，大家全是普通劳动者。我自称'小市民'丝毫没有自嘲的意思，更没有自贬的意思。今天这个'小市民'不是从前概念中的'市井小民'之流，而是普通一市民，就像我许多小说中的人物一样。"②

池莉的生活背景为她提供了对小市民生活的独特洞察。她的童年在政治风波中受到冲击，这段经历塑造了她对生活的敏感和对小市民生活的深厚感情。在祖父家中的生活经历为她提供了一个观察和体验市民生活的机会，她描述："我在很小的时候就非常喜欢母亲的旗袍和高跟鞋，喜欢抚摸外婆存放在樟木箱里头的绣片和丝绸，喜欢饭桌上摆着成套的细瓷餐具的形式主义的进餐方式。"③ 进入职场后，武钢的生活为她提供了一个全新的视角，让她对小市民生活有了更加深入的认识。她对这些生活的琐碎与复杂表现出了深刻的理解和尊重，她认为："我尊重、喜欢和敬畏在人们身上正在发生的一切和正存在的一切。这一切皆是生命的挣扎与奋斗，它们看起来是我们熟悉的日常生活，是生老病死，但它们的本质惊心动魄、引人共鸣和感动。"④

进一步探讨池莉的作品，可以发现她对小市民生活中的琐事与烦恼

① 池莉. 池莉文集：第 4 卷 真实的日子 [M]. 南京：江苏文艺出版社，1995：222.
② 池莉. 池莉文集：第 4 卷 真实的日子 [M]. 南京：江苏文艺出版社，1995：222.
③ 池莉. 池莉文集：第 4 卷 一双红拖鞋 [M]. 南京：江苏文艺出版社，1995：22.
④ 池莉. 池莉文集：第 4 卷 写作的意义 [M]. 南京：江苏文艺出版社，1995：65.

给予了细致的描绘。例如,《烦恼人生》中的印家厚代表了许多城市工人的典型,他的生活中充满了日常琐事,如"早晨是从半夜开始的"、排队如厕、带儿子挤公交车、过轮渡、吃早餐、上班迟到、吃食堂因菜里有虫与人吵架等,这都反映了小市民在都市中的真实生活状态。此外,《太阳出世》描述了李小兰和赵胜天这对年轻人经历的各种生活变故,展现了他们从年轻的恋人逐渐成长为负有家庭责任的"父母"的过程。

池莉的文学作品显著地描绘了市民,特别是那些表现出典型的小市民特质的人物,但是她并没有对这些特质进行贬义处理,反而采用了理解、尊重乃至同情的态度来展现他们的日常生活。池莉的作品体现了她对存在哲学的深入洞察,即"活着就好"。她的人生观和价值观都与普通人的生活经验紧密相连,展现了深厚的世俗情感,这种世俗情感具有鲜明的人间烟火气息,因而深受广大市民读者的喜爱。另外,湖北,尤其是武汉的文化背景,为池莉的小说提供了特殊的社会背景。更深入地探究池莉的作品,可以发现其描写的武汉人具有强烈的商业实用性。例如,《生活秀》中,一位中年妇女表示:"现在不打折的东西我都不买,就等着它打折。"此外,《小姐你早》中,李开玲的观点也体现了武汉人对实用性的追求:"一个女人要有实用性。"池莉小说中的角色经常因实用考虑而避免涉及爱情,或者认为他们之间不存在真正的爱情。这种商业实用性在她的作品中得到了全面呈现,从而揭示了武汉商业文化的深厚影响及其所塑造的精明务实的市民精神特征。

池莉的文学作品深入地展现了武汉女性的魅力与力量。在她的笔下,女性形象往往充满了独立与坚韧的气质,这些女性在商品经济社会的竞争中展现出了鲜明的个性,不再依赖男性,而是在事业、爱情和婚姻上实现了真正的独立。以《你是一条河》为例,小说中的主人公辣辣尽管面临家庭的重重困境,但仍然展现出了母性的伟大与坚韧。她不仅为了孩子们努力拼搏,即使面临女儿的误解,她的母爱也始终如一。《一冬无雪》也深刻反映了女性在家庭与职场双重压迫下的命运。小说中的女医生即便在医学界取得了一定成就，仍然在家庭中遭遇了深重的不幸。但是，当她面对困境时，并没有选择放弃，而是依靠女性的团结与力量，最终为自己讨回了公道。在《生活秀》中，来双扬的形象充分体现了武汉女性的独立与坚韧。在困境中，她依靠自己的双手，不仅成功支撑起了家庭，还在商业领域展现了自己的才华。《她的城》进一步揭示了武汉女性的独立与自主。蜜姐在经历了人生的种种打击后，仍然能够凭借自己的努力，开辟出自己的生活天地。与此同时，她的婆婆也成为她前进的动力，两位女性共同展现了武汉文化中的坚韧与自强。《水与火的缠绵》《看麦娘》进一步深化了池莉对于女性形象的探索。曾芒芒与易明莉两位女性都以自己的方式，展现了武汉女性的坚毅与独立。无论是曾芒芒在家庭中的隐忍，还是易明莉对于女儿的深沉情感，都成为池莉对于武汉女性独特魅力的生动写照。

## 三、池莉小说的"汉味"

池莉的文学作品明确展现了武汉的都市文化和"汉味"。学者们在探讨城市与文学的关联时强调，现代城市不仅为文学提供了故事的背景，而且成为其独特的审美对象。"由'玻璃幕墙和花岗岩'组合的建筑群，由胡同、弄堂和老街构成的城市空间，生活其间的人们的日常生活和消费方式等，这些现代都市场景，开始被文学呈现为有着内在精神构成的寓言化或人格化主题。"① 武汉这座深厚的都市对池莉的文学创作产生了深远影响。她的作品与武汉息息相关，充分体现了典型的"汉味"特征。

"汉味小说"是指那些通过浓烈的武汉方言和地域文化描绘武汉风土人情的文学作品。② 池莉的作品充分展现了武汉的地域风情和市民生活，如花楼街、吉庆街、长江大桥和轮渡等都市景观，以及老通城的豆

---

① 　贺桂梅 . 人文学的想象力：当代中国思想文化与文学问题 [M]. 开封：河南大学出版社，2005：168.

② 　樊星 ."汉味小说"风格论——方方、池莉合论 [J]. 华中师范大学学报：哲学社会科学版，1994（1）：49-55.

皮、一品香的一品大包、蔡林记的热干面等地道食物，都为读者展示了武汉的独特魅力。学者指出，"风俗和方言是区域文化最明显最稳定的因素"①。在池莉的作品中，武汉方言成为其独特的表现手法。例如，在《冷也好热也好活着就好》中，人物的对话充满了地道的武汉方言，如"男将""伢"分别指"男人"与"小孩儿"，"么事"是疑问代词，指"什么"，而"标"则表示"液体快速流出"。此外，小说中还使用了诸如"几"这样的副词，表示"多"的意思。这种方言不仅增添了作品的地域特色，还为人物塑造增添了深度。池莉的其他作品同样融入了大量武汉方言，如在《托尔斯泰围巾》中，老扁担回家过年之后，脖子上多了一条漂亮的围巾，大家纷纷猜测围巾是哪里来的，是老婆编的，还是"情况"送的呢？这里的"情况"指的便是情人，因为武汉人嫌弃情人说起来直白又肉麻，而"情况"说起来简单大方，隐晦谨慎。

　　在池莉的小说中，除了人物话语充满浓郁的"汉味"外，其叙述语言同样展现了深厚的武汉文化底蕴。例如，《落日》中对于汉口炎热夏季的描述："汉口的夏天，热得人们几欲扒皮。……人若在这样的室内住一个汉口的七月之夜，第二天除了被蒸闷熟了之外，恐怕不会有第二种结果。"这种描述通过夸张的手法，生动地描绘了武汉夏季的酷热和人们的不适感受。又如，《黑洞》中对武汉交通问题的描绘："车船挤得让人觉出全武汉三镇的人都在距离自己最远的地方工作。若能在这些人中找出一个不骂武汉交通的人那才是比建造金字塔还大的奇迹。倘有一任市长能解决武汉的交通问题，百姓们把他当祖宗供起来是毫无疑问的。"此处，作者通过夸张的比喻，尖锐地点出了武汉交通的拥堵问题，也显示了百姓对于解决此问题的渴望。在描述人物特点时，《黑洞》对陆建桥眼睛充血的情况进行了形象的比喻："眼白上的红丝象地图中的公路线。"而在《落日》中描述王加英忙碌的生活状态时，使用了形象的比喻："她像个陀螺，一天到晚地转个不停。"另外，《不谈爱情》则用一种富有地域色彩

① 　郑择魁. 吴越文化与中国现代文学 [M]. 杭州：杭州大学出版社，1998：103.

的比喻来形容白裁缝夫妇的年老模样："老得像对虾米。"这些比喻都反映了武汉人在评价事物时善于使用夸张、形象的语言。

池莉小说中的叙述语言具有独特的地域特色，其夸张、俏皮、生动和传神的特点都体现了武汉文化的智慧和性情。这正是其文学作品中"汉味"语言的独特魅力所在。

## 第三节　叶兆言的"秦淮人家"

叶兆言这位根植南京的作家背后有着深厚的文化背景。他的祖父——叶圣陶——是现代文坛的巨匠；而他的父亲——叶至诚——也在文化界有着不凡的身份，曾是江苏省文联创作委员会的副主任。在这样的家庭环境中成长的叶兆言，对南京有着深入骨髓的情愫。他的文学作品中对于南京的描绘无疑是对这座古都深厚历史和文化的一次重新解读。在他的笔触下，南京的每一个标志性地点，如老南京、秦淮河、夫子庙、玄武湖等，都不仅仅是一个地理位置，而是一个富有情感和历史记忆的文学符号。通过叶兆言的作品，读者仿佛可以亲身漫游在南京每一个古老和现代的角落，感受这座城市的魅力和故事。

### 一、"秦淮人家"的怀旧与败落

叶兆言曾经形容南京为："南京是一本最好的历史教科书，阅读这个城市，就是在回忆中国的历史。这个城市最适合文化人的到访，它的每一处古迹，均带有深厚的人文色彩，凭吊任何一个遗址，都意味着与沉重的历史对话。以风景论，南京有山有水，足以和国内任何一个城市媲美，然而这个城市的长处，还是在于它的历史，在于它的文化。"[①] 这种对南京的情感深入无疑体现在他的作品中，这些作品可以被解读为一部特色鲜明的南京史，它们揭示了南京人的日常生活和老南京的文化传统，

---

① 　叶兆言.江苏读本[M].南京：江苏人民出版社，2009：49-50.

从而展现了南京文化独特的精神风貌。

　　叶兆言的代表性作品"夜泊秦淮"系列无疑是对老南京历史繁华与败落的最佳写照。这一系列深受杜牧的名句"夜泊秦淮近酒家"启发，由《状元境》《十字铺》《追月楼》《半边营》组成，展现了秦淮河畔的人物与情感，以及秦淮文化的历史变迁。例如，《状元境》开篇便描绘了这样一个生活场景："状元境这地方脏得很。小小的一条街，鹅卵石铺的路面，黏糊糊的，总透着湿气。天刚破亮，刷马子的声音此起彼伏。挑水的汉子担着水桶，在细长的街上乱晃，极风流地走过，常有风骚的女人追在后面，骂、闹，整桶的井水便泼在路上。各色各样的污水随时破门而出。是地方就有人冲墙根撒尿。小孩子在气味最重的地方，画了不少乌龟一般的符号。"[①] 这一描述虽然与状元境的历史和文化地位有所偏离，但为读者提供了一个更为真实、生动的老南京市井生活的写照。

　　叶兆言对南京的文学描写深入清末民初的历史背景，而非古代的六朝金陵。他的怀旧情感主要集中在近代南京的衰败与沦落。例如，他描述的夫子庙曾经是许多文人墨客心目中的圣地，但在其笔下，夫子庙已沦为"破街小巷"。他对秦淮河的描写也体现了这一衰败的主题。尽管秦淮河曾经以其"桨声灯影"和"才子佳人"的浪漫传奇而著称，但在叶兆言的描述中，河水已经开始发臭，而河边的青楼也成为颓败的象征。他的作品《状元境》中进一步揭露了这种衰败背后所隐藏的社会和文化变迁。例如，曾经是"秀才出身"的司令不仅将司令部设立在一个尼姑庵，而且在工作之余，他的私生活也变得不检点。但与过去"才子佳人"浪漫传奇相比，他的经历显得颓废而乏味。在《追月楼》中，叶兆言通过叙述主人公丁老先生的生活，为读者展现了从晚清到民国时期南京的文化与历史变迁。丁老先生出身书香门第，尽管在科举上取得了一系列成功，但因为他的性格和为人处事的方式，他在官场上的发展受到了限制。当面对南京的沦陷和日本的侵略时，丁老先生选择了蛰居追月楼，

①　叶兆言．夜泊秦淮 [M]．杭州：浙江文艺出版社，2000：1-2.

对过去的美好时光进行回忆，这也成为另一种形式的怀旧。

叶兆言在《诗人眼中的南京》中明确提到："在南京这样的城市里，太容易产生怀旧的情绪。"南京这座历史悠久的城市自然而然地成为怀旧的载体。叶兆言通过怀旧的方式对南京进行了深度的文学想象，将秦淮河、夫子庙、玄武湖等具有深厚历史背景的地点纳入其创作，为读者展现了从清末民初到 20 世纪三四十年代的江南古城风情。这一时期的江南古城既有绮丽迷人的一面，也伴随着颓废与感伤，成为叶兆言作品中不可或缺的文化背景和情感载体。

## 二、历史与日常中的南京想象

某研究者指出："秦淮空间是多重意象的集合体：军事堡垒、商业中心、水运枢纽、人文胜地、风月场所和大众娱乐空间。"[①] 事实上，在南京的文学描述中，秦淮作为军事堡垒和水运枢纽的象征并不频繁出现，而其作为风月场所和娱乐空间的意象则常常被强调。

显然，叶兆言本打算改变此前以通俗模式述说秦淮风月的写作路线，而"想写一部纪实体小说，写一部故都南京的一九三七年的编年史"。然而，"结果大大出乎意外"，"计划写一部关于战争的小说，写到临了，却说了一个非驴非马的爱情故事"。[②]《一九三七年的爱情》事实上主要讲述了一个大时代背景下发生在南京城里的爱情故事。在作者笔下，20 世纪 30 年代作为民国首府的南京重续了古都的繁华：新的林荫大道、建筑、外交官员的雅集，以及那些流行的歌女，都为南京带来了一种新的繁华。叶兆言对南京的战时想象是在历史记忆和现实日常的片段中完成的。正如他在"前言"中所说："我注视着一九三七年的南京的时候，一种极其复杂的心情油然而起。我没有再现当年繁华的奢望，而且所谓民国盛世

---

① 陈蕴茜，刘炜.秦淮空间重构中的国家权力与大众文化——以民国时期南京废娼运动为中心的考察 [J]. 史林，2006（6）：40-52，189-190.

② 叶兆言.一九三七年的爱情·写在后面 [M]. 北京：人民文学出版社，2017：248.

的一九三七年，本身就有许多虚幻的地方。一九三七年只是过眼烟云。我的目光在这个过去的特定年代里徘徊，作为小说家，我看不太清楚那种被历史学家称为历史的历史。我看到的只是一些零零碎碎的片断，一些大时代中的伤感的没出息的小故事。"[1]

叶兆言的南京书写除了在历史背景下的表达，还有着对现代南京日常生活的深度挖掘。在对当代南京人的叙述中，叶兆言明显地将焦点转向了日常生活中的情感纠葛和社会变迁，尝试着从这些日常经验中探寻人性的深处。

例如，《悬挂的绿苹果》中，南京的剧团炊事员张英的平凡婚姻生活因为其夫的出轨而产生了巨大裂痕。她在同事的鼓励下，原本决定离婚，但令人意想不到的是，最终她选择了与其夫一起前往远方的青海。这部作品探讨了现代都市婚姻中的忠诚、背叛和选择。在《去影》中，叶兆言描绘了师徒间的微妙情感。工厂实习的青年迟敬亭与已婚的师父张英之间发生了一段超出师徒关系的感情。尽管迟敬亭有了自己的恋人，但他仍然无法从这段与师傅之间的情感中解脱出来。作品展示了现代社会中权力与情感的交织，以及人在情感纠葛中的选择与放弃。在《艳歌》中，叶兆言以一对大学生为原型，描述了他们从校园恋情到成家立业的全过程。他们面临的家庭、职业和婚姻中的种种压力与冲突都是现代都市生活中普遍存在的问题。《玫瑰的岁月》和《陈小民的目光》等作品则从不同角度探讨了现代家庭中的伦理关系、权力斗争和人性的挣扎。

在这些关于现代南京人的书写中，叶兆言显然在努力从日常生活中找寻创作的素材，试图通过这些素材来反映时代的变迁对人心的影响。而在这些作品中，他仍然保留了对南京的深厚情感，不仅在显性的层面上，如作品中的玄武湖、永和园等充满南京文化的场所，更在潜在的意识里，作品中的角色、情感和故事都带有南京传统叙事的风月色彩和人文气质。

---

[1]　叶兆言.一九三七年的爱情·写在前面[M].北京：人民文学出版社，2017：1.

总之，历史与日常是叶兆言建构南京想象的重要基础和维度。通过历史怀旧，叶兆言试图重返金陵古都的往昔繁华；借助日常书写，叶兆言努力呈现当下南京的琐屑庸常。当然，值得指出的是，叶兆言对南京的历史怀旧也是从日常视角展开的，无论是没落文人的爱情故事，还是前朝遗老的气质风度，若不借助日常这些都无以展开。而同样，叶兆言对南京的日常书写也无法完全割裂或放弃历史积淀而来的文化习性和精神气质，这些点都或多或少地折射出老南京的流风余韵。

### 三、"新历史"与"新写实"的书写方式

叶兆言既因其再现了那些关于"秦淮"的历史故事而被认为是新历史主义的代表，又因为对现代南京日常生活的细腻描绘而被视为新写实主义的代表性人物。这两种风格——"新历史"与"新写实"——正是叶兆言为南京文学形象赋予深度和广度的创作路径。

当代中国文学在历史题材的创作上一直占有核心地位。新中国成立初期，历史小说，特别是革命历史小说，多是基于传统的"正史"观念进行创作。这种创作模式注重在"典型环境"中的"典型人物"，以确保揭示历史发展的内在规律和"主题思想"。但到了20世纪80年代中后期，文学创作呈现了一种明显的转变：新历史小说开始兴起。这种新的历史叙事倡导从民间视角重新审视历史，采用更为个人化、碎片化的手法来重塑历史事件和人物。与之前的历史小说相比，新历史小说不再追求展现时代的宏观结构或宏大主题，而是更加注重呈现民间的生活经验和地域文化特色。

叶兆言在这一创作背景中显现出其独特才华。对于历史小说的创作，他有着与众不同的见解。叶兆言坚信："小说不是历史，然而有些时候，小说就是历史，比历史课本更真实。"[①] 这一观点揭示了叶兆言对于小说与历史关系的深入思考。他意识到，作为小说家，他所看到的历史并非

---

① 　叶兆言 . 一号命令 [M]. 南京：江苏文艺出版社，2013：154.

那些被历史学家所肯定的"正史"，而是那些碎片化、零散的历史片段，以及那些大时代背景下的微小、感伤的故事。

叶兆言的南京新历史小说的核心特质在于其深入的民间立场和独特的个人视角。他的作品从普通人的视角出发，探寻历史的深度和复杂性，从而为读者呈现出一个与传统历史叙事截然不同的南京。以《枣树的故事》为例，叶兆言通过主人公岫云在动乱时代的坎坷生涯，细腻地展现了秦淮地区的历史变迁和人文风情。而在"夜泊秦淮"中，叶兆言进一步深化了这种民间视角，对"秦淮"的过去进行了更为深入的探索和展现。他精选了如状元境、十字铺、半边营、追月楼、桃叶渡等与金陵息息相关的地点和事件，对秦淮古时的风月进行了再创作。这些故事既涉及琴师与军阀之间的深沉情缘，也展现了官场斗争和复杂的情感纠结；既呈现了前朝遗老的传统忠诚，也揭示了旧家族的衰落和败北。其长篇作品《一九三七年的爱情》则进一步将南京的历史叙事转化为一段发生在特定历史背景下的爱情传奇。叶兆言对于那个时代的重要历史事件处理得相对轻描淡写，而对于主人公们的情感与婚姻生活则进行了细致入微的描绘。正如他所言，"我没有再现当年繁华的奢望"，他更愿意通过"一些大时代中的伤感的没出息的小故事"来重塑"这个过去的特定年代"。① 这种创作立场和视角揭示了叶兆言对于历史的深刻理解：历史不仅仅是关于国家和帝王的，它也是关于普通人和他们的情感、经验和生活。叶兆言的南京新历史小说与传统的历史小说在叙事结构和主题上有所不同，更多地关注民间和个人，采用了传统的市井情感叙事与现代的叙事技巧相结合的方式，为读者呈现了一个更为鲜活、多维和真实的南京历史画面。

在 20 世纪 80 年代中后期的文学场景中，新写实小说与新历史小说和先锋小说齐头并进，成为文学领域的新兴潮流。在这一背景下，叶兆言的作品体现了两种明显的文学方向：他的"夜泊秦淮"系列被归类于

---

① 　叶兆言.一九三七年的爱情·写在前面 [M]. 北京：人民文学出版社，2017：10.

新历史小说，而那些关于现代南京日常生活的作品则充分展现了"新写实"风格。例如，《悬挂的绿苹果》深入探讨了张英的婚姻生活和剧团中的日常琐事，从未婚的焦虑到婚后的纷争和最终的离去；《去影》描述了迟敬亭与张英之间的师徒关系和他们在车间的平淡生活，从对徒弟的关心和照顾到徒弟对师父的深厚感情，最后到迟敬亭离去考大学的过程；《艳歌》则聚焦迟敬亭和沐岚的爱情与婚姻，涵盖了他们从恋爱到工作，再到结婚和生子的全过程，以及婚后的琐碎生活和矛盾；《马文的战争》则揭示了马文和杨欣离婚后同居的日常生活中的种种矛盾。与传统的现实主义小说相对照，叶兆言的这些作品明显地展示了"新写实"的特点。正如他所描述："创作方法仍以写实为主要特征，但特别注重现实生活原生形态的还原，真诚直面现实，直面人生。"[①] 这些作品中的人物和情节并没有特定的政治或道德意旨，更没有过于强调的主题意识，而是展现了普通人在生活中的真实面貌，如婚姻、生育和日常琐事。这种写作风格反映了作者对人物客观和冷静的态度。《上海文学》在 1992 年第 2 期发表叶兆言的小说《艳歌》时的《编辑的话》中说："作者写得客观、冷静，正因为笔下的人物不是某种政治意义、道德意义或者哲学观念的符号，无所谓'美'，无所谓'丑'，无所谓'高'，无所谓'低'，所以作者也就隐去了在某种作品中常见的'爱'与'憎'。然而，作品描写这样的主人公以及他们的生活决不是无意义的。当社会摆脱了过于浓重的政治色彩之后，作家看到的是一种原色的生活、原色的人物。"[②] 这段评语不仅适用于《艳歌》，也恰当地描述了叶兆言关于现代南京日常生活写作的核心特质。

---

① 　熊丽芬，孔小彬．浅析《钟山》杂志"新写实小说大联展"[J]．萍乡高等专科学校学报，2007（5）：80-82.

② 　耿玉芳．略论现当代文学及其研究 [M]．北京：九州出版社，2018：182.

# 第十章　城市化与中国都市文学的未来

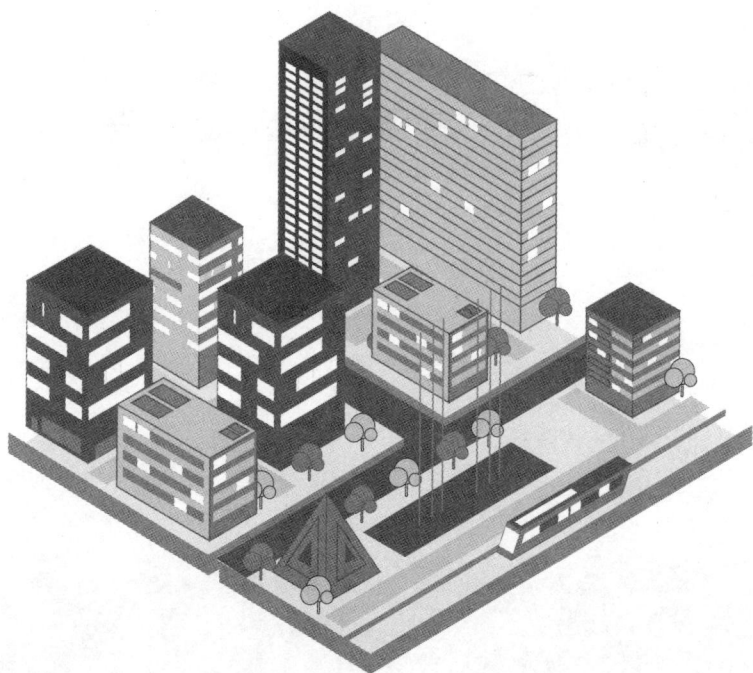

# 第一节　城市化时代的文学表达形式与技巧

## 一、城市化背景下的文学语境转变

在近现代的社会变迁中，城市化进程成为影响中国文学发展的关键因素。都市空间的转型、人文环境的更新和社会心态的变迁共同为文学创作提供了崭新的语境和表现素材。随着中国的城市化步伐加快，城市与农村的关系、城市内部的矛盾和新的社会力量的崛起都对文学的主题、形式和技巧产生了深远影响。在这种城市化背景下，文学的语境发生了深刻转变。传统的乡村叙事开始与现代都市生活的描绘交织，形成了一种独特的叙事风格。这种叙事风格不再是简单地描述农村与城市的物理差异，而是试图捕捉两者之间的精神和文化碰撞。都市作为文学的新空间，其独特性在于高度的文化混合和社会多样性。这不仅为作家提供了更为丰富和多样的创作素材，也对文学的表现手法和技巧提出了新的要求。在此背景下，都市文学开始强调情感的细腻与复杂、人物关系的多元与交叉，以及都市空间的异质性与流动性。此外，城市化进程中涌现的新的社会现象和问题，如城乡差距、都市化带来的心理压力和人际疏离感等，也为文学提供了丰富的议题和深度。这使得文学不仅仅满足于表面的都市描写，而是深入都市生活的各个层面，探寻都市人的心灵世界和他们与都市空间的微妙关系。

城市化背景下的文学语境转变反映了都市文学在不断地与时代脉搏同步，试图捕捉都市生活的真实和多样。它不仅为我们呈现了都市生活的魅力和困境，更为我们揭示了在快速都市化进程中，人与人、人与城市之间的复杂关系和深层次的心灵冲突。这种语境转变不仅丰富了文学的表现形式和技巧，更提升了文学的思考深度和社会价值。这一转变标志着都市文学从简单的生活描写走向深度的文化和社会反思，成了当代中国文学的一个重要分支，对于我们理解和思考都市化进程带来的影响和挑战具有重要意义。

## 二、城市与都市人物的描绘技巧

都市文学之所以独具魅力，在很大程度上得益于对城市和都市人物的真实、生动描绘。随着城市化进程的深入，如何真实反映都市生活的复杂性和多元性成了都市文学创作者面临的挑战。

### （一）细致入微的场景刻画

都市文学中的城市不仅是物理空间，更是一种文化和情感的载体。从繁华的 CBD 到僻静的巷子，从霓虹的夜景到清晨的第一缕阳光，作者通过对都市景物细致入微的刻画，呈现出都市的韵味和氛围，使读者能够身临其境地感受都市生活的魅力和复杂性。

### （二）人物性格的多面性

都市生活的多元与复杂使得都市人物成了多面的存在。他们既有都市的自信与独立，又有乡愁和迷茫。都市文学中的人物不再是单一的"好人"或"坏人"，而是具有复杂性格和多重身份的真实存在。通过对人物性格的深入挖掘，作者可以展现都市人物的内心世界，反映他们在都市生活中的挣扎和追求。

### （三）情感冲突的精细塑造

都市生活中的高压与快节奏往往带来了种种情感冲突。爱情、友情、亲情在都市空间中相互碰撞，产生了丰富的故事情节。都市文学中的人物常常处于情感纠葛中，他们的选择和抉择不仅反映了都市生活的真实，也反映了现代都市人的价值观和生活态度。通过对情感冲突的精细塑造，作者可以展现都市生活的真实和深度，引导读者进行深层次的思考和反思。

在都市文学中，都市与乡村、现代与传统往往形成了鲜明对比。都市人物的行为和选择往往与传统文化产生碰撞和对话。通过对这种对话的描写，作者不仅可以展现都市生活的复杂性，也可以探讨现代都市人与传统文化之间的关系，对都市生活进行更为深入的思考。

### 三、都市文学中的叙事结构与节奏调控

都市文学作为现代文学的一种表达形式，其叙事结构与节奏调控往往具有鲜明的特色，能够更为直接地揭示都市生活的特性及都市人的心理状态。其中包括特定的叙事技巧、时间和空间的处理，以及对人物命运的叙述掌控。

#### （一）多线性叙事的运用

都市生活中，信息量大，节奏快，人与人之间的关系错综复杂。因此，多线性叙事在都市文学中被广泛运用。它能够展现都市生活的多面性，多线的叙述使得故事更为丰富，每一条线索都反映了都市中不同的生活面貌和情感体验。

#### （二）时间的碎片化处理

都市生活的快节奏常常使得人们感受到时间的流逝，这种时空感也被都市文学所捕捉。在许多作品中，时间不再按照线性的方式前进，而是呈现出碎片化的状态。通过时间的切片和重组，文学作品能够更为真实地展现都市生活的瞬息万变。

### （三）空间的动态化描述

都市空间不再是固定不变的，它随着城市的发展而发生变化。这种空间的动态性在文学作品中表现为对城市场景的细致描写、对城市变迁的关注，以及对都市人在这种变化中的反应和感受的洞察。

### （四）节奏的掌控与调变

都市生活的快节奏和高压常常被文学作品所揭示。因此，都市文学中的节奏掌控尤为关键。作者会通过叙事速度的变化、章节的切换和情节的高潮来调控故事的节奏，使之与都市生活的真实节奏相匹配。

# 第二节　城市化进程与都市文学的新动向

## 一、都市文学的新主题与新议题

在现代社会，都市化进程日益加速，城市生活和其所涉及的各种问题逐渐成为文学的焦点。都市文学作为现代文学的一种重要形式，自然开始反映出一系列与都市生活息息相关的新主题和新议题。

### （一）现代都市生活的异化感

在繁华的都市生活中，人与人之间的关系似乎变得更加疏远。在物质丰富、信息爆炸的时代，人们却常常感受到孤独和孤立，这种现代都市生活的异化感成了文学中的重要议题。许多作品开始探讨在高楼大厦之间，人们如何寻找真实的自我，以及如何在物质和精神之间找到平衡。

### （二）都市人的身份问题

随着都市化的推进，来自不同背景、不同文化的人们会聚在城市中，产生了复杂的身份关系。都市文学开始关注这些都市人的身份认同问题，探讨他们如何在多元文化的环境中找到自己的位置、如何面对与传统文化和价值观的冲突。

### （三）都市生态与环境议题

城市的快速发展往往伴随着生态环境的问题。都市文学开始关注这些与都市生活直接相关的生态议题，如环境污染、资源消耗、生态平衡等。作家们试图通过文学作品唤起人们对都市生态的关注，倡导可持续的城市发展。

### （四）网络文化与虚拟现实

现代都市生活中，网络文化与虚拟现实成为不可或缺的部分。都市文学捕捉到这一变化，开始探讨网络文化带来的影响，如人与人之间的新型交往方式、虚拟与现实的界限模糊等。这些新议题为都市文学提供了丰富的创作材料。

### （五）对传统与现代的思考

在都市化的浪潮中，传统与现代产生了碰撞和融合。都市文学关注这种碰撞与融合，探讨都市人如何在传统与现代之间做出选择、如何在保持传统的同时拥抱现代。

## 二、跨文化都市文学的出现

在全球化背景下，城市已经不再是一个单一文化的空间。跨文化现象深刻影响了城市的社会结构、生活方式和价值观，都市文学也随之出现了跨文化的特质。这种跨文化都市文学不仅在内容上揭示了文化交汇的复杂性，也在形式和叙述技巧上展现了创新和探索。都市是跨文化交流的前沿阵地，各种文化在这里相遇、碰撞和融合。这为都市文学提供了一片丰富的创作土壤，使得作家可以自由探讨文化冲突与和谐、身份认同与多元性、传统与现代的关系。而这样的探讨往往比单一文化背景下的文学更具有深度和广度，因为它直面了全球化时代最为核心的议题。

跨文化都市文学的特点是它不满足描绘一个固定和单一的文化景观，而是试图展现文化的流动性和变迁性。作家们在创作中往往选择那些生活在文化交界地带的人物作为主角，通过他们的经历和感受来揭示文化交融的复杂性和可能性。这些人物既可能是移民，也可能是在外国长大的第二代，他们的生活充满了跨文化的挑战和机遇。在这种文学中，城市往往被塑造成一个充满动力和变革的空间，而不仅仅是一个固定的背景。城市的每一个街道、建筑和公园都可能成为文化交流的场所，都可以触发文化记忆和情感反应。因此，跨文化都市文学的城市描写往往更加细致和深入，它试图捕捉城市中那些隐秘的、易被忽视的文化痕迹。此外，跨文化都市文学在叙述技巧上也进行了大胆的尝试和创新。为了更好地展现文化的多重性和流动性，作家们往往采用多角度、多时空的叙述方式，使得读者可以从不同的视角和时空背景去理解和体验都市生活。这种叙述方式不仅增强了文学的立体感和深度，也为读者提供了一个全新的阅读体验。

### 三、互动媒体与都市文学的整合

随着技术的迅速发展，尤其是互动媒体技术的日益成熟，文学作品与这些先进工具的结合正在逐渐改变文学的表达形式、受众的阅读体验以及都市文化的表达方式。都市文学以其现代性和开放性，与互动媒体有着天然的契合点，在文学与技术之间建立起了一座桥梁。都市文学在传统上以文字为主要的表达形式，而互动媒体提供了多种表达工具，如音频、视频、动画等，这种多元的表达方式为都市文学提供了更加丰富和生动的展现形式。例如，通过互动媒体，读者可以直接听到都市的声音、看到都市的影像，甚至能够与故事中的角色进行互动，进一步深入体验都市生活的真实感受。此外，互动媒体还为都市文学提供了新的叙述策略。传统的线性叙述方式在与互动媒体相结合后，往往会转变为非线性或多线性的叙述结构。这种结构使得故事不再受限于一个固定的叙述顺序，读者可以根据自己的选择和兴趣，自由探索故事的不同方面和层次，从而实现更加个性化和多元化的阅读体验。

但是，互动媒体与都市文学的整合并不仅仅是技术和形式上的整合，更重要的是内容和思想上的整合。都市文学中所探讨的主题，如都市生活的快节奏、人与人之间的关系、都市文化的多元性等，都可以通过互动媒体得到更加深入和全面的展现。而这种展现不仅是对都市生活的再现，更是对都市生活的思考和反思，它使得读者不再是被动的接受者，而是成了与作家共同创作的参与者。

互动媒体与都市文学的整合也为都市文学的传播提供了新的机会。在数字化和网络化的背景下，都市文学作品可以迅速传播到全球的每一个角落，吸引更多的读者和观众。而这种传播不仅是数量上的增加，更重要的是质量上的提高，它使得都市文学可以与更多的文化和观念进行交流和对话，从而达到真正的跨文化交流和理解。

# 第三节　都市文学的社会责任与价值追求

## 一、都市文学与社会建设的互动

都市文学作为一种反映城市文化与城市生活的文学形态，历来在社会建设过程中起到了不可或缺的作用。其对社会建设的贡献主要体现在对城市化进程的批判性反思、对都市文化的塑造与推动，以及对城市民众的身份认同和情感寄托的提供。

在城市化进程中，都市文学往往成为对城市现象进行深度探讨的一个重要工具。通过文学作品，作者们针对城市化带来的社会变迁、人文环境的转变以及都市人心态的演变进行细致描绘。这种描绘不仅为读者提供了对都市生活的全新认知，更重要的是，它为社会建设提供了有力的批判性思考，帮助人们识别和纠正都市化进程中可能出现的问题。

此外，都市文学也在都市文化的塑造与推动中起到了核心作用。都市文化是一种多元、开放和包容的文化，反映了都市人的日常生活、情感体验和价值追求。通过文学作品，都市文化得以形成、传播和深化。作者们通过对都市人物的精细描写，以及对都市情感的深入挖掘，为都市文化提供了丰富的内涵，使其在社会建设中发挥了不可替代的作用。

与此同时，都市文学也在提供城市民众身份认同和情感寄托方面发挥了独特功能。都市人，尤其是在城市化进程中涌入城市的大量移民，常常面临身份认同上的困惑和情感上的孤独。都市文学通过反映都市人的生活经验，揭示其内心世界，帮助他们建立起对都市生活的认同感。这种认同感不仅有助于他们更好地融入都市生活，还为社会建设提供了稳定的心理基础。

在现代社会，都市文学与社会建设的互动越发紧密。随着城市化进程的深入，都市人面临的问题也越发复杂，这使得都市文学在社会建设中的作用愈加重要。无论是对都市化进程的批判性思考，还是对都市文化的塑造与推动，抑或为都市人提供身份认同和情感寄托，都市文学都对建设更和谐、更有人文情怀的都市社会发挥着不可替代的作用。

## 二、都市文学的伦理思考

都市文学深刻地揭示了都市生活中的种种现象和都市人的复杂心态。它不仅提供了对城市生活的艺术性反映，而且更加深入地探讨了都市文化背后所隐含的伦理问题。这种伦理性的探索既关乎都市人的日常生活，也关乎都市社会的未来走向。

面对都市化的飞速发展，都市人在追求物质富足的同时，也面临着伦理的选择。都市文学中的伦理思考在很大程度上是对这种困境和选择的反思。例如，都市生活中的消费文化、都市人的道德意识、人与人之间的关系处理等问题都是都市文学关心并试图回应的伦理议题。

消费文化是都市生活中不可避免的一种现象。但在都市文学中，消费不仅仅是一种经济活动，更是一种伦理选择。通过文学作品，我们可以看到都市人在面对物质诱惑时的迷茫、焦虑和选择。这种选择往往与个人的世界观、价值观、道德观密切相关。都市文学通过对消费文化的批判和反思，提醒人们关注消费背后的伦理问题，思考如何在追求物质富足的同时，保持自己的道德底线。

在都市文学中，我们可以看到都市人在追求个人利益的过程中，往往忽视了对他人的关心和尊重，这种现象不仅影响了都市人的精神健康，也对都市社会的和谐稳定产生了影响。都市文学对这种现象进行了深入探讨，试图找到解决这种困境的方法，提醒都市人重视伦理的价值，维护人与人之间的和谐关系。

除此之外，都市文学还关心都市生活中的其他伦理问题，如都市人对环境的责任、对未来的担忧、对传统与现代的取舍等。这些问题都与都市人的伦理选择密切相关。都市文学通过对这些问题的深入探讨，为都市人提供了一种伦理的导航，帮助他们在都市生活中做出正确的伦理选择。

### 三、都市文学的教育意义

都市文学以其独特的魅力和深邃的内涵，成为文学领域中的一个重要分支，它不仅反映了都市生活的多样性和复杂性，更蕴含了丰富的教育价值。这种教育意义既体现在对都市人的情感教育，也呈现在对都市文化和社会伦理的深入探讨。

都市文学反映的是都市人在现代都市环境中的生活状态和心理体验。这些生活和体验往往充满了挑战和冲突，但正是这些挑战和冲突，为都市人提供了成长和教育的机会。通过对都市生活的艺术性表现，都市文学为读者提供了一个观照自己、理解他人和深入探索都市文化的窗口，使读者在欣赏文学艺术的同时，获得了宝贵的情感教育。情感教育的价值体现在都市文学对都市人内心世界的细腻描写。都市生活中人与人之间的关系、对事业和理想的追求以及对自我的认知和反思都成为都市文学关注的焦点。通过这些焦点，都市文学帮助读者认识到人的情感世界的复杂性和深度，培养了读者的同情心、理解力和人文关怀。

而对都市文化和社会伦理的探讨则是都市文学教育意义的另一重要方面。都市文化是一种开放、多元和包容的文化，它不仅反映了都市人的生活方式和价值观，也反映了都市社会的发展趋势。都市文学对都市文化的探讨不仅有助于读者更好地理解都市文化的内涵和特点，也有助于他们形成正确的人生观和价值观。同时，都市文学对社会伦理的探讨也为读者提供了一个思考人与社会、人与自然、人与人之间关系的平台，促进了读者的伦理教育。

除此之外，都市文学还蕴含了对都市人品格教育的价值。都市生活中充满了各种诱惑和挑战，都市人在追求成功和幸福的过程中，往往面临着道德和伦理的选择。都市文学通过对这些选择的深入探讨，为读者提供了一个思考品格、责任和担当的机会，促进了他们的品格教育。

# 参考文献

[1] 陈琅语. 张爱玲：孤独中的蔷薇［M］. 天津：天津人民出版社，2017.

[2] 董琦琦. 人文书写与地缘景观：20 世纪中国文学中的北京印象［M］. 北京：学苑出版社，2016.

[3] 高全之. 张爱玲学［M］. 桂林：漓江出版社，2015.

[4] 广州市文艺报刊社. 都市文学论：《广州文艺》都市小说理论文集［M］. 广州：花城出版社，2016.

[5] 含瑛. 张爱玲传奇：一恋倾城，一世忧伤［M］. 北京：民主与建设出版社，2018.

[6] 华霄颖. 市民文化与都市想象：王安忆上海书写研究［M］. 上海：上海文化出版社，2009.

[7] 裴艳艳. 王安忆小说主题研究［M］. 北京：中国戏剧出版社，2012.

[8] 彭海宝. 新世纪都市小说的中产阶层书写研究［M］. 南昌：江西高校出版社，2018.

[9] 冉波. 物是人非：现代都市小说［M］. 长春：吉林文史出版社，2016.

[10] 王安忆. 富萍［M］. 北京：人民文学出版社，2018.

[11] 王安忆. 旅馆里发生了什么［M］. 郑州：河南文艺出版社，2019.

[12] 王安忆. 男人和女人，女人和城市［M］. 昆明：云南人民出版社，2000.

[13] 王安忆. 寻找上海［M］. 上海：学林出版社，2001.

[14] 王安忆. 弄堂里的白马［M］. 杭州：浙江少年儿童出版社，2022.

[15] 王安忆. 米尼［M］. 北京：人民文学出版社，2023.

[16] 王芸. 张爱玲传：我的孤独是一座花园［M］. 武汉：长江文艺出版社，2018.

[17] 巫晓燕. 中国当代都市小说的现代审美阐释［M］. 北京：北京师范大学出版社，2011.

[18] 吴明靖. 贯通培养项目语文素养读本：文学中的北京印象［M］. 长春：吉林大学出版社，2016.

[19] 吴芸茜. 论王安忆［M］. 上海：华东师范大学出版社，2010.

[20] 徐剑艺. 新都市小说选［M］. 杭州：浙江文艺出版社，1993.

[21] 许子东. 无处安放：张爱玲文学价值重估［M］. 西安：陕西人民出版社，2019.

[22] 杨新刚. 20世纪90年代中国新都市小说论稿［M］. 济南：山东人民出版社，2013.

[23] 叶广芩. 青木川［M］. 北京：北京十月文艺出版社，2022.

[24] 叶广芩. 叶广芩文集：状元媒［M］. 北京：北京十月文艺出版社，2022.

[25] 月下. 遗世独立张爱玲：回忆若有香气［M］. 青岛：青岛出版社，2019.

[26] 张鸿声. 都市文化与中国现代都市小说［M］. 开封：河南大学出版社，1997.

[27] 张丽妩. 北京文学的地域文化魅力［M］. 北京：中国和平出版社，1994.

[28] 张志忠. 在多重转型中兴起、全盛及分化：新时期以来北京作家群研究［M］. 北京：人民文学出版社，2015.

[29] 曾娟. 鸳鸯蝴蝶派小说的都市书写［J］. 城市学刊，2016，37（4）：57–63.

[30] 房伟. "城市中国"：文化空间的幻像之舞——另一种有关上海的"都市想象"［J］. 文艺评论，2018（6）：26–35.

[31] 冯跃华.《生命册》与当代中国的人、都市、乡村[J]. 名作欣赏, 2016（23）: 46-48.

[32] 龚玲芬. 乡土性与都市性的共振——90年代以来都市小说的城乡关系书写［J］. 作家天地, 2023（11）: 52-55.

[33] 郭丽. 张爱玲与王安忆都市小说创作比较研究［J］. 开封教育学院学报, 2016, 36（10）: 29-30.

[34] 黄景忠. 论黄咏梅的岭南都市小说创作［J］. 当代文坛, 2014（2）: 161-163.

[35] 霍蓉光, 聂红菊, 袁淑玲. 邱华栋都市小说研究综述［J］. 青年文学家, 2014（18）: 24-25.

[36] 金莹莹.《繁花》：对新都市小说的传承与突破［J］. 湖北文理学院学报, 2021, 42（1）: 41-45, 55.

[37] 李繁, 赵婷. 闲韵与人的生存理想——以当代都市小说中的性别形象为中心［J］. 江苏经贸职业技术学院学报, 2016（1）: 44-48.

[38] 李彦姝. 文学都市想象的撕裂与互通——基于对上海都市作家和知青作家的考察［J］. 汉语言文学研究, 2018, 9（4）: 52-56.

[39] 刘婧婧. 新世纪女性都市小说略论［J］. 中国当代文学研究, 2019（5）: 137-145.

[40] 刘庆莲. 张欣都市小说的湾区色彩[J]. 吉林省教育学院学报, 2023, 39（5）: 144-150.

[41] 刘伟云. 张欣岭南都市想象中的世俗情怀[J]. 文学教育（上）, 2019（12）: 185-187.

[42] 陆邹. 论施蛰存都市小说中的生存异化［J］. 青年文学家, 2014（32）: 38-39.

[43] 彭海宝. 新时期都市小说空间书写的三个维度［J］. 江西社会科学, 2016, 36（10）: 104-107.

[44] 任瑜. 心灵在都市里的跋涉——从《千万与春住》看张欣都市小说的独特性 [J]. 当代文坛, 2019 (6): 126–130.

[45] 孙小惠. 老舍现代化都市小说的文化研究 [J]. 名作欣赏, 2022 (9): 116–118.

[46] 孙云霏. 论"新感觉派"都市小说的"场景叙事" [J]. 名作欣赏, 2017 (30): 63–65.

[47] 唐诗人. 张欣九十年代都市小说的人文精神表达 [J]. 文艺论坛, 2022 (4): 36–43.

[48] 王雷雷. 都市中社会角色的想象与重置——评张欣的都市小说 [J]. 当代文坛, 2020 (2): 173–177.

[49] 王丽华, 李爱华. 现代文明的都市风——论现代都市小说中的生命体验 [J]. 辽宁师专学报: 社会科学版, 2021 (1): 36–37.

[50] 王梅. 王安忆都市小说中的女性形象及其文化表征——"王琦瑶"与上海心 [J]. 湖南城市学院学报, 2014, 35 (1): 69–74.

[51] 王燕子. 民俗景观的地域性——谈都市小说的创作 [J]. 广西科技师范学院学报, 2020, 35 (3): 5–7, 38.

[52] 邢海蓉. 简论新感觉派小说中的"都市边缘人"形象 [J]. 扬州教育学院学报, 2020, 38 (4): 43–47.

[53] 熊蓉. 试论张欣都市小说之贵族精神——以《终极底牌》和《千万与春住》为例 [J]. 青年文学家, 2023 (12): 98–100.

[54] 徐俐文. 《十字街头》与20世纪30年代的上海都市想象 [J]. 独秀论丛, 2019 (1): 306–315.

[55] 徐杨, 宫雪. 异乡人: 当代都市婚恋小说"都市外来者"形象学考察 [J]. 文艺争鸣, 2020 (11): 167–171.

[56] 许峰, 卓剑芳. 掘金时代不安灵魂的抚慰者——论张欣的都市小说创作 [J]. 当代文坛, 2018 (4): 154–158.

[57] 杨新刚. 浓得化不开的都市情结——邱华栋新都市小说表意文化内涵探析 [J]. 百家评论, 2016 (6): 112–118.

[58] 杨紫薇. 张爱玲和王安忆都市小说的传承与流变[J]. 文教资料, 2018(17): 5–7.

[59] 张文婉. 20世纪90年代都市小说的主题流变[J]. 城市学刊, 2016, 37(5): 57–60.

[60] 张夏钰. 张爱玲与王安忆都市小说中女性悲剧之比较 [J]. 名作欣赏, 2016 (24): 142–144.

[61] 张远, 施新佳. 新生代都市小说的都市意识 [J]. 绥化学院学报, 2014, 34 (3): 53–56.

[62] 张远. 新生代都市小说的艺术新质 [J]. 吉林省教育学院学报 (下旬), 2014, 30 (1): 111–112.

[63] 郑崇选. 上海漫画中的性别与都市想象——以《上海漫画》和《时代漫画》为中心的考察 [J]. 上海文化, 2016 (8): 70–81, 126.

[64] 周德蓓. 精神分析烛照下的女性心理写实——论施蛰存都市小说中的女性形象 [J]. 长治学院学报, 2015, 32 (4): 49–52.

[65] 周风琴. 都市想象与都市社群——论朱天心《想我眷村的兄弟们》[J]. 常州工学院学报: 社科版, 2019, 37 (6): 30–35.

[66] 周思辉. 城市想象与文化焦虑——范小青都市小说论 [J]. 当代文坛, 2018 (6): 74–78.

[67] 周秀蕊, 张维阳. 都市中的小人物的人文关怀和精神评判——论津子围的都市题材小说 [J]. 文化学刊, 2022 (11): 73–76.

[68] 朱彤. 徘徊在都市与乡村之间——新感觉派小说的主题探索 [J]. 湖北社会科学, 2020 (6): 99–104.

[69] 薛婧. 回望与审视——叶广芩小说的贵族文化书写 [D]. 天津: 天津师范大学, 2017.

[70] 夏华东. 论叶广芩小说中的历史意识 [D]. 天津: 天津师范大学, 2012.

[71] 卜梦怡. "含魅"的叙事：论现代都市小说的"志怪"书写［D］. 杭州：浙江财经大学，2023.

[72] 黄巍. "70后"作家都市小说研究［D］. 西安：陕西师范大学，2010.

[73] 姜艺伟. 池莉与梁贵子都市小说比较研究［D］. 上海：上海外国语大学，2020.

[74] 金怡蕾. 近现代科学小说中的上海都市想象（1902—1949）［D］. 杭州：杭州师范大学，2019.

[75] 李冉. 论王安忆都市小说中的底层外来者形象［D］. 上海：上海外国语大学，2012.

[76] 李旺. 论20世纪90年代小说的都市叙事［D］. 呼和浩特：内蒙古师范大学，2010.

[77] 李欣池. 台湾八十年代都市小说研究［D］. 福州：福建师范大学，2018.

[78] 林绮平. 邱华栋都市小说中现代人的生存困境［D］. 成都：四川师范大学，2014.

[79] 刘蕙心. 台湾后现代都市小说思潮论［D］. 开封：河南大学，2019.

[80] 刘叶. 新世纪都市小说中消极青年形象研究［D］. 哈尔滨：哈尔滨师范大学，2022.

[81] 马向前. 邱华栋都市小说研究［D］. 重庆：重庆师范大学，2013.

[82] 孟祥梓. 20世纪90年代以来邱华栋都市小说叙事主题研究［D］. 曲阜：曲阜师范大学，2020.

[83] 潘旭科. 想象、延续、残留、淡化［D］. 合肥：安徽大学，2014.

[84] 孙茂宁. 纸上的城市：《永安月刊》图像中的上海都市现代想象［D］. 兰州：兰州大学，2021.

[85] 谭慧媛. 池莉都市小说论［D］. 湘潭：湖南科技大学，2011.

[86] 田慧. 新世纪以来都市小说的"中产想象"研究［D］. 沈阳：沈阳师范大学，2020.

[87] 王卫卿. 张欣都市小说创作研究［D］. 乌鲁木齐：新疆师范大学，2016.

[88] 王霞. 潘向黎都市小说女性形象研究［D］. 长春：东北师范大学，2011.

[89] 赵亚倩. 铁凝都市小说论［D］. 保定：河北大学，2016.